마법의
푸드 트럭

글 **박민희**

2013년 대한민국 검사로 임관해 정의로운 사회를 만들기 위해 열심히 일하고 있어요. 두 아이의 엄마로서 아이들에게 딱딱하다고 느껴질 수 있는 법을 재미있는 이야기로 알리고 싶어 틈틈이 글을 쓰고 있습니다.
지은 책으로『여자 사람 검사(공저)』가 있습니다.

그림 **안병현**

이야기에 어울리는 그림을 만들고, 괜찮은 이야기를 그립니다.
그린 책으로『이상한 무인 아이스크림 가게』, 『이상한 무인 문구점』, 『이상한 무인 편의점』, 『이상한 무인 사진관』, 『크리처스』, 『방과 후 요괴반』, 『위기의 역사』, 『인 더 게임』, 『사실, 꼬리 아홉 여우는』, 『도티가 로그인합니다』, 『세금 내는 아이들의 생생 경제 교실』, 『너에게서 온 봄』 등이 있습니다.
http://moosn.com

마법의 푸드 트럭

박민희 글 · 안병현 그림

라곰스쿨

마법나라 요원을 소개합니다

툭스

푸드 트럭의 리더. 어떤 문제를 만나도 법률로 풀어
내는 해결사. 태생이 야행성이라 밤이 되면 더 똑똑
해지지만 아이들을 만나기 위해 수면 패턴도 바꿨습
니다. 그래도 여전히 늦잠을 자서 로냥과 로지의 잔
소리를 듣습니다.

로냥

푸드 트럭의 살림 담당. 깔끔한 성격 덕분에 푸드 트럭이 쓰레기 트럭이 되는 사태는 벌어지지 않고 있습니다. 애교가 많고 친절해서 어린이 친구들의 마음에 쉽게 다가갑니다. 때로는 지나치게 감상적으로 변해 늘 저울을 들고 다니며 균형을 유지하려 노력합니다.

마법나라에서 가장 글을 잘 씁니다. 덕분에 마법나라에 보내는 보고서를 담당하고 있습니다. 늘 펜을 가지고 다니며 기록하는 것이 습관입니다(두 번씩 말하는 것도 기록할 것을 잊지 않기 위함입니다). 달리기도 빨라 사건이 벌어지면 가장 먼저 달려갑니다.

로지

이 이야기는 어른들이 모르는 또 다른 세계에서 시작됩니다.
어른들은 자신들이 스스로 규칙과 규제, 법률을 척척 만든다고 생각하지만, 사실은 마법나라의 엄청난 노고가 숨겨져 있습니다.
마법나라는 우리 눈에 보이지 않지만 사회의 규칙과 규제, 법률을 어떻게 만들지 늘 고민하고 검토합니다.

필요한 법률안을 어른들의 컴퓨터 메모장에 입력해 놓거나, 책상 위에 슬쩍 놓고 옵니다.

그런데 요즘 문제가 생겼습니다. 아이들의 세계에서 이 법률이 제대로 작동하지 않는 것.

이에 마법나라의 가장 유능한 요원 록스, 로냥, 로지가 나섰습니다. 아이들이 좋아할 만한 마법의 음식을 가득 실은 푸드 트럭과 함께!

차례

약속 지키미 무지개 슬러시

"대장, 간식을 진짜 많이 실어 오셨네요, 냥."

"어머어머, 이거 우리가 먹어도 티가 안 나겠는데요?"

거대한 푸드 트럭 앞에서 로냥과 로지가 입을 다물지 못했다. 푸드 트럭에는 아이들이 좋아하는 떡볶이, 슬러시, 탕후루, 푸딩, 샌드위치, 사탕 등 없는 것이 없었다.

"내가 실력 발휘 좀 했지."

록스는 가슴을 한껏 펴면서 자랑스럽게 말했다.

학교 앞에 자리 잡은 2층짜리 마법의 푸드 트럭은 운동장 저 끝에서도 한눈에 보일 만큼 크고 빛났다.

바람에 실려 오는 온갖 맛있는 간식 냄새에 아이들은 저절로 이 푸드 트럭으로 발길을 옮길 수밖에 없었다.

그때였다.

"대장! 우리 첫 손님이 다가오는 것 같습니다, 냥."

로냥의 말에 록스는 푸드 트럭 가운데 자리에 앉아 마법 스크린을 열었다.

이름 홍진우, 1학년

취미 축구

좋아하는 간식 슬러시

문제 상황
친구들과 축구를 하려다가 갑자기 기분이 상했다. 이유를 확인하고 기분을 풀어 줄 것!

마법 스크린에는 푸드 트럭으로 다가오는 아이의 얼굴이 확대되며 인적 사항이 나타났다.

"진우한테 무슨 일이 있나 본데? 친구들이랑 다퉜나?"

"진우 표정이 안 좋다, 냥!"

얼굴이 벌게진 진우가 푸드 트럭 바로 앞까지 다가오자 마법 스크린 화면이 사라졌다.

"아, 왜 또 술래잡기야. 축구 하기로 했으면서."

진우는 혼잣말로 투덜거리며 트럭 앞에 섰다.

"흠흠. 어서 오렴! 마법의 푸드 트럭 첫 번째 손님!"

록스가 진우에게 말을 건넸다. 첫 손님인 만큼 로냥, 로지도 진우의 얼굴을 주의 깊게 살폈다.

"시원한 것이 필요해요. 너무너무 더워요!"

"어머어머, 왜 이렇게 얼굴이 빨간 거야? 화가 난 거야?"

로지가 진우 어깨 위로 쪼르륵 올라가 진우에게 부채질을 해 주었다.

"알았다, 냥. 친구랑 싸웠구나?"

"아니, 싸운 건 아니고 짜증나는 애가 있어요. 제 맘대로

놀지 못하고 준경이가 하자는 대로만 하니까 너무 싫어요. 저는 술래잡기보다 축구가 더 하고 싶었는데. 자꾸 준경이가 하고 싶은 것만 하니까 싫어요!"

"네가 하고 싶은 놀이가 있다고 말은 해 본 것이냥?"

"했죠. 했어요……. 그런데……."

준경이는 진우네 반에서 가장 인기 많은 아이였다. 친구들은 매번 준경이가 하자는 놀이만 했다.

사실 아이들에게는 그럴 수밖에 없는 이유가 있었다. 준경이는 "나랑 술래잡기 하면 캐릭터 키링을 줄게"라든가, "나랑 딱지치기 하면 캐릭터 카드를 줄게"라는 말로 아이들의 관심을 사로잡기 때문이다.

구하기도 어려운 인기 제품들을 주겠다는데 싫어할 친구는 없었다. 진우도 마찬가지였다. 친구들은 어쩔 수 없이 준경이가 하자는 놀이를 다 같이 해 주었다.

문제는 준경이가 약속을 지키지 않는다는 것이었다. 매번 "아차, 깜박했다. 내일 가져다줄게" 하면서 하루가 지나고 또 하루가 지나도 키링을 가져다 줄 생각을 하지 않았다.

준경이 말만 믿고 계속 준경이가 해 달라는 대로 해 준 진우는 화가 나 따져 물었다.

"야, 너 정말 약속 안 지킬 거야?"

"내가? 증거 있어?"

기가 막힐 노릇이었다. 준경이는 분명 자신의 입으로 키링이며 연필을 친구들에게 나눠 주겠다고 수차례 약속했다. 그런데 이제 와서 증거를 찾다니.

오히려 준경이가 당당하게 증거를 가져오라고 소리치자 다른 친구들도 진우 편을 들지 못했다. 진우 얼굴이 벌게진 것은 바로 이 때문이었다.

이유를 들은 록스의 눈빛이 반짝였다.

땅 땅 땅!

록스의 마법 판사봉이 힘차게 움직였다.

"계약 위반이야!"

"네? 계약이라고요? 아니에요. 말로만 한 약속인 걸요. 준경이 말대로 증거가 없잖아요."

"흠. 내가 나설 차례군."

록스가 손가락을 '탁' 튕기자 푸드 트럭 뒤의 서가에서
두꺼운 책 한 권이 둥실 떠올라 진우 앞에 사르륵 펼쳐졌다.

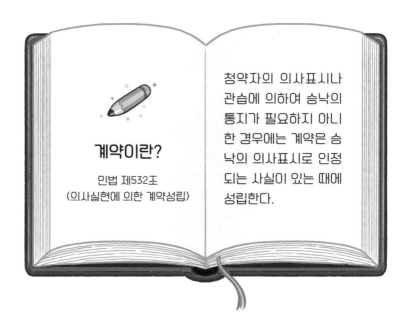

계약이란?

민법 제532조
(의사실현에 의한 계약성립)

청약자의 의사표시나
관습에 의하여 승낙의
통지가 필요하지 아니
한 경우에는 계약은 승
낙의 의사표시로 인정
되는 사실이 있는 때에
성립한다.

"진우야, 우리 법에 따르면 한 사람이 약속을 하고 상대
방이 그것을 받아들이면 계약이 성립한단다."

"계약서를 써야 하는 거 아니에요?"

"계약이란 두 사람이 '어떤 법률 행위'를 하기 위해 '서로 약속하는 것'을 말하지. 반드시 종이에 남겨야만 법률적 힘이 있는 것은 아니야. 말로만 약속해도 같은 힘이 있어."

"어? 그렇다면 준경이가 말로만 약속해도 지켜야 하는 거예요?"

"그렇지. 준경이는 너에게 '내가 원하는 놀이를 같이해 주면 키링을 줄게'라는 약속을 했고, 너는 그것을 받아들였으니 법률적 힘이 있는 계약이 이뤄진 거야. 그리고 너는 준경이가 원하는 놀이를 해 주었잖아. 네가 지켜야 할 부분은 지킨 셈이지."

"그러니 준경이도 약속을 지켜야 옳은 것이다, 냥."

"우와! 말로만 한 약속도 법률적 힘이 있는 거군요? 저는 그런 약속은 안 지켜도 되는 줄 알았어요. 당장 준경이한테도 알려 줘야겠어요. 친구들 사이의 약속도 지켜야 하는 거라고. 말로 한 약속도 계약이라고요!"

"친구들 사이에서 한 약속도 엄연히 계약이지. 그러니 친구끼리도 지키지 못할 약속은 하지 않는 편이 좋겠지? 그리고 진우야, 하고 싶은 놀이가 있으면 솔직하게 이야기해 봐. 아마 친구들도 진우가 좋아하는 놀이를 같이해 줄 거야. 진우가 그간 양보한 것을 친구들도 잘 알 테니."

"아이참, 대장 대장! 어서 진우에게 시원한 간식을 주세요. 이제 더위도 식혀 줘요!"

부채질을 하던 로지는 아직도 진우의 빨간 얼굴이 걱정되는 모양이었다.

"앗, 중요한 것을 잊었군. 어디 보자……. 그래, '약속 지키미 무지개 슬러시'가 좋겠어. 로냥!"

"약속 지키미 무지개 슬러시 준비, 냥!"

로냥은 빙글빙글 돌아가는 알록달록한 슬러시 기계의 손잡이를 죽 잡아당겼다. 무지개 색깔로 슬러시가 담기는 것이 신기했다. 로냥은 큰 컵에 무지갯빛 슬러시가 흘러넘치도록 담았다.

"진우야, 약속 지키미 무지개 슬러시 받아, 냥. 진우도 친구들과의 약속을 소중히 여겼으면 좋겠어, 냥."

로냥은 무지갯빛 슬러시를 진우에게 건넸다.

진우는 지금까지 참았던 갈증을 모두 날리려는 듯 슬러시를 쭉쭉 들이켰다. 슬러시는 무지개 색깔마다 맛이 달랐다. 톡톡 팝핑 캔디가 터지는 사이다 맛이 나다가 달콤한 우유 맛이 나고 키위 같은 새콤한 맛이 나다가 몽글몽글한 구름 맛이 나기도 했다. 정말 눈이 휘둥그레질 만했다.

시원하게 슬러시를 들이켠 진우는 어느새 더위를 날리고 보송보송해져 있었다.

"어때, 최고의 간식이지? 약속을 소중히 하는 능력이 진우에게 스며들었어!"

록스가 어깨를 으쓱했다.

"최고예요! 나빴던 기분도 더위도 모두 날려 보냈어요! 감사합니다."

진우는 힘차게 인사하며 다시 운동장으로 돌아갔다.

"야, 이준경! 나는 네 말을 믿고 같이 술래잡기를 했으니 너도 약속을 지켜야 해."

진우는 운동장에서 쉬고 있는 준경이를 향해 말했다.

"증거가 없는데도?"

"그래. 우리나라 법은 말로 약속을 해도 상대방이 받아들이면 계약이 된다고!"

"계…… 계약?"

"그래! 너 사실대로 말해 봐. 나랑 같이 놀고 싶어서 그냥

한 말이지?"

"어…… 그게…… 지켜야 한다는 생각은 하지 못했어. 그냥 너랑 같이 놀고 싶어서……."

이번에는 준경이의 볼이 빨갛게 달아올랐다.

"알았어. 이제 지키지 못할 약속은 하지 않는 거다! 난 키링도 연필도 사실 필요 없어. 그냥 모두 다 같이 재미있게 놀았으면 좋겠어! 이제 축구를 하면 어때?"

"어…… 좋아! 나도 이번에는 축구 할래!"

진우는 함박웃음을 지으며 준경이와 친구들을 향해 힘차게 공을 찼다.

록스와 함께하는 법률 공부

"말로 한 약속도 계약인가요?"
민법 제532조는 계약에 관해 알려 줘요.

청약자*의 의사표시나 관습*에 의하여 승낙*의 통지가 필요하지 아니한 경우에는 계약은 승낙의 의사표시로 인정되는 사실이 있는 때에 성립*한다.

- **청약자** : 어떤 계약을 체결하려고 신청하는 사람
- **관습** : 사회에서 오랫동안 지켜 내려와 널리 인정하는 질서나 풍습
- **승낙** : 청하는 바를 들어줌
- **성립** : 일이 제대로 이루어짐

★ 두 사람이 어떤 법률 행위를 하기 위해 서로 약속하는 것을 계약이라고 해요.
★ 계약서에 약속을 적지 않고 말로만 한 약속도 계약으로 인정돼요.
★ 친구들과 한 약속도 계약이니 지키지 못할 약속은 하지 않는 것이 좋아요.

창의력 듬뿍 우유 도넛

민지는 유라가 부러웠다. 유라는 언제나 학교 숙제를 뚝딱 해내는 능력이 있었다. 도대체 어떻게 그렇게 빨리, 그것도 잘 해내는지 궁금했다.

특히나 이번 숙제는 유라한테 그 비법을 물어보고 싶을 정도였다. 독후감을 쓰는 것이었는데, 민지에게는 책 내용이 너무 어려웠다. 세상의 온갖 어려운 말을 다 갖다 놓은 듯한 책을 읽고 독후감까지 써야 한다니 막막할 따름이었다.

"민지야, 뭐 해?"

민지는 학교 쉬는 시간에도 책과 씨름 중이었다. 한 줄, 한 줄 읽어 내려가느라 유라가 곁에 오는지도 몰랐다.

"아, 유라야. 나 독후감 숙제할 책 읽고 있었어."

"아, 그 책? 어때? 재밌어?"

"아니. 너무 어려워."

"아, 그렇구나! 하핫!"

유라의 대답은 알쏭달쏭했다.

"유라야, 독후감 다 썼어?"

"히히, 그럼, 다 썼지!"

"정말? 이 어려운 책을 읽고 독후감을 벌써 다 썼단 말이야? 으, 넌 정말 대단해."

이번에도 유라는 민지보다 훨씬 빠른 속도로 과제를 끝냈다. 민지는 궁금증을 참을 수 없었다. 오늘은 기필코 유라의 과제 비법을 알아내고야 말리라. 민지는 하루 종일 유라를 따라다니며 독후감을 어떻게 빨리 쓴 것인지 물었다.

"그게 말이지…… 너한테만 알려 주는 거야. 비밀이다?"

유라는 조심스럽게 민지에게 말을 건넸다.

유라가 알려 준 비밀은 인터넷 블로그들을 샅샅이 조사하는 거였다. 먼저 책 제목을 검색해 책에 대해 감상을 써 놓은 글들을 찾고 여기저기 흩어져 있는 감상평들을 모으면 나만의 독후감이 완성되는 것이다.

독후감 🔍
🔍 독후감 쓰는 법
🔍 독후감 베끼기
🔍 독후감 예시
🔍 독후감 양식

★ ★ ★ ★ ★

'타닥 타닥.'

작은 손가락이 키보드 자판을 하나하나 꾹꾹 누르고 있

었다. 로지는 보고서를 작성하고 있었다. 로지는 엄청나게 빠른 타자가 특기인데, 희한하게도 보고서 작성에는 그런 속도를 내지 못하고 있었다.

보고서는 어제 만난 친구에 관한 것이었다. 어떤 어려움이 있었는지, 어떤 법률을 적용해서 문제를 해결해 주었는지, 친구들에게 선물한 능력은 무엇인지.

"으아, 대장. 아무래도 저는 글 쓰는 재주가 없는 것 같아요. 누가 대신 써 줬으면 좋겠어요."

로지의 마법 연필도 어지러운 듯 방향을 잃고 빙글빙글 돌기만 했다.

옆에서 에그타르트를 한입 크게 깨물던 록스가 로지를 바라보았다. 로지에게 너무 어려운 업무가 주어진 걸까 고민했다.

"흠흠. 내가 대신 써 줄까?"

입에 묻은 에그타르트를 닦아 내며 록스가 말했다.

"아니에요. 대장보다는 그래도 제가 나아요. 제가 대장 글 솜씨를 모르는 것도 아니고. 마음만 받을게요."

"하하하핫, 뭔가 당한 것 같은 기분이 들지만 그래, 로지. 우리 중에 로지 보고서가 제일 훌륭하다고. 넌 최고야!"

"로지가 힘들만 하다냥. 그렇지만 이건 오로지 로지만이 할 수 있는 아주 고결한 일이다냥!"

"고마워요, 대장님, 로냥. 그런데 글을 쓰는 게 쉽진 않아요. 자동으로 써 주는 시스템이 있으면 참 좋을 텐데."

"안 된다냥. 오로지 로지의 창작물일 때만 고결한 것이다냥! 로지가 최고다냥!"

로냥이 로지를 다독였다. 로지는 어깨가 으쓱해졌다. 그때 마법 스크린에서 소리가 났다. '띠링, 띠링.' 마법 스크린

이름 강민지, 4학년

취미 책 읽기, 유튜브 보기

좋아하는 간식 도넛

문제 상황

민지가 독후감 숙제를 어려워하고 있다. 문제 상황을 파악하고 독후감 숙제를 끝낼 수 있도록 도와줄 것.

이 빛나며 한 아이의 정보가 나타났다.

"어머, 어머, 로지와 같은 고민을 가진 친구네요."

"독후감이라……. 쉽지 않은 숙제지. 책을 읽고 요약하고 자신의 생각을 정리하고 또……."

"으…… 독후감 숙제 어렵다냥. 얼른 민지를 도와주러 가자냥!"

★★★★★

민지는 컴퓨터 책상 앞에 앉아 인터넷 검색을 하고 있었다. 과연 이 어려운 책을 이미 읽고 감상평을 써 놓은 사람이 많았다. 책을 다 읽지 않았지만 읽은 척할 수 있을 것 같았다.

'유라는 이걸 그대로 갖다 붙이면 끝이라고 했는데. 정말 유라가 말한 대로 숙제를 해도 되는 걸까? 책을 읽지도 않고 다른 사람의 생각을 내 것처럼 가져와도 되는 걸까?'

민지가 글을 복사하려고 할 때였다. 민지의 방 안으로 달콤하고 고소한 냄새가 풍겨 왔다. 민지가 좋아하는 빵집에서 나는 냄새였다. 입에 침이 한가득 고였다.

"맛있는 빵 냄새가 어디서 나는 거지?"

창문을 열자 고소하고 달콤한 빵 냄새가 민지 코에 노크도 없이 마구 들어왔다. 민지는 이 행복한 냄새를 크게 들이마셨다.

얼굴을 빼꼼히 내밀어 보니 2층짜리 푸드 트럭이 보였

다. 저기서 나는 냄새가 틀림없었다. 민지는 빠르게 옷을 갈아입고 푸드 트럭으로 다가갔다.

"어서 와, 어서 와! 민지, 민지야!"

민지는 로지가 자신의 이름을 어떻게 아는지 궁금했다. 그러나 빛나는 푸드 트럭을 보고 있노라면 로지가 자신의 이름을 알고 있는 것이 전혀 이상해 보이지 않았다. 눈앞의 푸드 트럭이 더 신기하고 이상했기 때문이다.

투명한 음식 진열장에는 별처럼 빛나는 탕후루, 꽃이 피어난 듯한 밀크 푸딩, 무지갯빛 슬러시 등등 없는 것이 없었다. 진열장 위에는 알록달록한 젤리빈이 담긴 투명한 유리병도 가득 놓여 있었다.

그때 커다란 오븐에서 '띠띠띠' 하는 알림음이 울렸다. 로냥이 오븐을 열자 따뜻한 김과 고소한 냄새가 다시 민지를 흠뻑 적셨다. 이 냄새다.

"저, 저 그 도넛 살 수 있을까요?"

"이건 돈으로 살 수 없는 도넛이다냥! 그렇지만 민지를 위한 도넛은 맞다냥!"

"어…… 돈으로 살 수 없으면 어떻게 해야 도넛을 먹을
수 있나요?"

"그건 말이지, 민지의 고민을 이야기해 주면 된단다!"

록스가 힘차게 말했다.

"저…… 고민은 딱히 없어요. 그냥 지금 독후감 숙제가
어려워서…… 그걸 얼른 끝내고 싶을 뿐이에요."

"독후감 숙제 너무 어렵지. 얼른 끝내는 비결이라도 있
어? 나도 알려 줘. 나도 보고서 쓰는 게 너무 어려워."

로지가 민지 마음에 공감했다. 민지는 조심스럽게 유라
의 비법을 이야기했다.

"아, 그게요, 인터넷 검색창에 책 이름을 검색하면 많은 사람이 감상평을 써 놓았더라고요. 줄거리 요약본도 많고. 저 스스로 책 내용을 요약하지 않아도 될 것 같고. 그것들을 베껴서 금방 끝내려고 했어요."

"인터넷 검색! 자료 찾기의 기본이지. 아주 좋은 방법이야. 숙제할 때 인터넷 검색의 도움을 받는 것은 바람직하지. 그렇지만 민지야, 이것도 알고 있어야 할 것 같구나."

록스는 민지를 따뜻하게 바라보며 판사봉을 휘둘렀다.

땅 땅 땅!

그러자 푸드 트럭 서가에 꽂힌 두꺼운 책 한 권이 민지 앞으로 둥실 떠올라 사라락 펼쳐졌다.

"저작물이란 사람의 생각 또는 감정을 표현한 창작물을 말해. 인터넷에 자신의 생각이나 감정을 정리한 글을 올렸다면, 그 자체로 창작 활동을 한 것이니 저작물이 되지."

록스의 말에 이어 로지가 말했다.

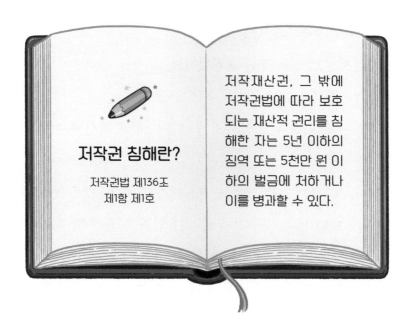

저작권 침해란?

저작권법 제136조
제1항 제1호

저작재산권, 그 밖에
저작권법에 따라 보호
되는 재산적 권리를 침
해한 자는 5년 이하의
징역 또는 5천만 원 이
하의 벌금에 처하거나
이를 병과할 수 있다.

"맞아, 맞아. 그렇기 때문에 남의 글을 함부로 복사해서 이용하면 안 돼, 안 돼. 다른 사람의 생각과 느낌을 자신의 것처럼 활용해서도 안 되고."

이어 로냥이 말했다.

"필요한 자료가 있다면 반드시 출처를 밝히고 인용했다는 것을 표시하는 것이 좋다냥. 그런 점에서 민지가 다른 사람의 독후감을 그대로 복사해서 숙제로 제출하려고 했다면 그건 옳지 못한 일이다냥."

"역시, 그렇죠? 저도 찜찜했어요. 하지만 인터넷에 올라온 글도 법적으로 보호받는 줄은 몰랐어요."

"민지야, 민지야, 지금까지 숙제를 그렇게 복사해서 냈던 거야?"

"아, 아니에요. 지금까지는 다 제가 혼자 힘으로 했어요. 그런데 이번 책은 도무지 무슨 내용인지 이해가 안 되어서 친구한테 독후감 빨리 쓰는 법을 배운다는 게 그만. 헤헤."

민지는 로지에게 멋쩍게 웃어 보였다. 로지가 푸드 트럭의 음식 진열장 위로 올라가 민지와 눈높이를 맞췄다. 그러고는 수다스럽게 이야기를 시작했다.

"민지야, 민지야. 나도 지금 보고서를 쓰고 있거든? 그런데 말이지, 그게 너무너무 어렵고 힘들어서 누가 대신 써 줬으면 좋겠…… 읍읍."

"그 얘기는 민지한테 도넛을 선물하고 나서 나중에 하자냥!"

로지의 수다를 로냥이 막았다. 아무래도 로지의 말이 한

없이 길어질 것 같았던 것이다. 민지도 종알대는 로지가 귀여웠지만 달콤하고 고소한 도넛 냄새를 더 이상 참기 어려웠다.

따끈한 김이 피어오르던 도넛은 어느새 알맞게 식어 있었다. 동그란 도넛 위에는 우유가 코팅되어 있었고 별빛이 내려앉은 듯 반짝이는 토핑도 살포시 뿌려져 있었다.

"짜잔! 민지를 위한 '창의력 듬뿍 우유 도넛'이다냥! 이 도넛을 먹으면 숙제할 때 필요한 창의력이 퐁퐁 샘솟을 것이다냥!"

딱 봐도 맛있게 생겼는데, 창의력까지 샘솟는다니. 진짜인지 가짜인지 알 수 없었지만 놓칠 수 없는 도넛이었다.

민지는 로냥에게서 도넛을 건네받아 크게 한입 깨물었다. 세상에, 이렇게 깔끔한 우유 도넛은 처음이었다. 느끼하지도 않아 연이어 먹을 수 있을 것 같았다. 도넛 위에 뿌려진 별빛 가루가 입안에서 상큼하게 터졌다. 입안에서 작은 불꽃놀이가 열리는 것 같은 느낌이었다.

"제 인생 최고의 도넛이에요!"

"정말, 정말, 정말? 그럼 민지야, 이제 내 이야기 좀 들어 줄래? 내 보고서는 말이지……."

로지는 민지에게 오렌지 주스를 가져다주며 보고서를 쓰는 고통에 대해 종알댔다. 민지도 웃으며 도넛을 하나 더 집어 들었다. 그렇게 둘은 시간 가는 줄 모르고 한참을 글쓰기에 대해 이야기했다.

로지는 민지와 수다를 떨고 나서 기분이 좀 나아졌는지 다시 보고서를 쓰기 시작했다.

"대장, 대장! 저도 창의력 듬뿍 우유 도넛 하나 먹으면 안 될까요?"

"하하핫, 로지, 무슨 말이야? 너는 이미 창의력 듬뿍 우유 도넛 100개쯤은 먹은 창의력을 갖고 있다고!"

"헤헤헷, 그런가요?"

"로지, 네 보고서는 분명 많은 아이에게 도움이 될 거야. 기대하라고."

"제 보고서가요?"

"그래, 날 믿어 봐."

　로지는 록스의 심오한 말을 다 이해할 수는 없었다. 그
렇지만 자신이 쓴 보고서가 분명 좋은 곳에 쓰일 것 같았다.
그 믿음으로 타닥타닥 작은 손가락을 움직여 오늘 민지를
만난 이야기를 정리했다.

록스와 함께하는 법률 공부

"인터넷의 글을 그대로 베껴 써도 되나요?"

저작권법 제136조 제1항 제1호는 저작권 침해에 관해 알려 줘요.

저작재산권, 그 밖에 저작권법에 따라 보호되는 재산적 권리*를 복제,* 공연, 공중송신,* 전시, 배포, 대여, 2차적 저작물* 작성의 방법으로 침해한 자는 5년 이하의 징역 또는 5천만 원 이하의 벌금에 처하거나 이를 병과할 수 있다.

- **권리** : 어떤 일을 행하거나 요구할 수 있는 자격
- **복제** : 본래 것과 똑같은 것을 만듦
- **공중송신** : 저작물을 무선 또는 유선통신으로 보내는 것
- **2차적 저작물** : 원저작물(자신의 생각이나 감정을 표현한 것)을 변형하여 작성하는 것

★ 사람의 생각을 글 등으로 표현한 것은 저작물로 보호돼요.
★ 저작물을 그대로 복사해서 자신의 것처럼 사용하면 안 돼요.
★ 인터넷 검색을 통해 얻은 정보는 출처를 기록하여 인용 표시를 하는 것이 좋아요.

예쁜 말 가득 푸딩

부지런한 로지는 오늘도 제일 먼저 일어났다. 가장 먼저 푸드 트럭 2층에 마련된 침실을 정돈하더니 1층으로 쪼르 륵 내려갔다.

로지의 마법 연필이 빙글빙글 돌더니 마법 스크린을 가 리켰다.

"대장, 대장! 이리 와 보세요. 오늘은 이 친구예요!"

로지는 오늘 만날 친구가 궁금해서 견딜 수 없었던 모양 이다.

이름 정선우, 2학년

취미 컴퓨터 게임

좋아하는 간식 푸딩

문제 상황

게임 플레이어들과 주고받는 험한 말 속에서 선우 지키기!

"흐아아아암, 로지……. 어제 늦게까지 회의했는데 오늘 아침은 좀 봐주지 그래……."

록스는 하품을 하며 1층 마법 스크린 앞으로 터덜터덜 내려왔다. 록스는 아직도 낮에 자는 습성을 버리지 못해 아침 일찍 일어나는 게 힘들었다. 뒤이어 로냥도 대화 소리에 일어나 기지개를 쭉 켜곤 금세 스크린 앞으로 폴짝 뛰어 내

려왔다.

"게임을 좋아하는 친구구나, 냥. 여러 사람과 같이하는 게임 속에서는 자주 일어나는 문제다, 냥."

"그래, 요즘 아이들은 온라인 게임을 많이 하지. 선우뿐만이 아니라 비슷한 상황에 처한 아이들이 정말 많을 거야. 부지런히 선우를 만나러 가 봐야겠군!"

록스는 선우의 집 앞 놀이터로 좌표를 설정했다. 마법의 푸드 트럭은 설정된 좌표를 따라 이동하기 시작했다.

★ ★ ★ ★ ★

한가로운 수요일 오후. 선우한테는 꿀 같은 시간이었다. 매일매일 빼곡한 학원 스케줄에 시달리지만 수요일만큼은 아니다. 최근에 엄마와 협상한 끝에 학원 하나를 쉬기로 했기 때문이다.

'오늘은 게임 좀 하면서 놀 거야.'

선우는 재빠르게 컴퓨터 온라인 게임에 접속했다. 그런

데 같이 게임을 하는 플레이어가 이상하다.

"아니, 왜 저렇게 게임을 하는 거지?"

선우의 입에서 짜증 섞인 소리가 터져 나왔다. 지금 보니까 아이디 '좀비맨'이 선우가 게임을 하는 방마다 쫓아와서 게임을 훼방 놓고 있었다.

선우와 다른 팀이 되면 선우만 쫓아와서 공격하고, 선우와 같은 팀이 되어도 선우를 공격하는 것이었다.

> 전설의사나이: 야, 너 뭐야! 좀비맨! 게임 그렇게 할 거야?
>
> 좀비맨: ????
>
> 전설의사나이: 너, 나 자꾸 따라다니면서 게임 하고 있잖아.
>
> 좀비맨: 뭔 말????
>
> 전설의사나이: 너 때문에 게임이 하나도 안 되잖아!
>
> 좀비맨: 이제야 알았냐? 메롱 약 오르지!@#!@$%@$@#!

"으아아아아아아아악!"

선우는 너무 화가 나서 게임을 종료했다.

좀비맨의 '메롱'이 계속 귓가에 맴돌았다. 오래간만에 자유 시간을 누리려고 시작한 게임이었건만, 오히려 열만 잔뜩 받은 꼴이었다. 선우는 기분 전환도 할 겸 밖으로 나갔다.

"왜 나만 괴롭히는 거야?"

머리를 식히려 했지만 선우의 머리는 좀비맨에 대한 생각으로 가득 찼다. 그때였다. 어디선가 바닐라향 가득한 달콤한 냄새가 바람결에 실려 와 선우 코에 닿았다. 냄새만으로도 침이 꼴깍꼴깍 넘어갔다.

냄새를 따라 움직이다 보니 어느새 알록달록하고 맛있는 음식이 잔뜩 실린 푸드 트럭이 눈앞에 나타났다.

눈앞에 나타난 거대한 푸드 트럭을 구경하느라 정신이 팔린 선우 손등 위로 작고 따뜻한 무엇이 폴짝 뛰어올랐다. 로지였다.

"선우야, 선우야, 어서 와!"

"엇? 제 이름을 아세요?"

"우린 아이들에 대해서는 모르는 것이 없지! 나는 로지야. 여기는 록스 대장과 로냥!"

로지의 인사에 선우는 어리둥절해졌지만 이내 귀여운 로지의 다정함에 웃음이 지어졌다.

"선우, 지금까지 게임 하다가 온 것은 아니냥?"

로냥이 눈빛을 반짝이며 선우에게 물었다. 로냥의 눈빛에 선우는 왠지 모르게 엄마에게 모든 사실을 들킨 것 같은 느낌을 받았다.

"아…… 그게…… 말이죠……."

"괜찮아, 선우야. 우리는 선우를 도와주러 왔어. 무슨 일이 있었는지 말해 줘, 말해 줘!"

로지의 말에 록스와 로냥도 웃으며 선우를 바라보았다.

선우는 다정하게 말하는 로지, 자신을 따뜻하게 바라봐 주는 록스와 로냥에게 좀비맨에 대한 이야기를 모두 털어놓았다. 자신이 게임을 하게 된 이유, 좀비맨을 만나게 된 상황 등을 모두 말했다.

"저런, 선우 마음이 많이 상했겠구나. 선우랑 좀비맨이랑 게임 속에서 계속 대화했니?"

"저도 같이 좀비맨에게 뭐라고 해 주고 싶었어요! 으으으! 그런데 좀비맨이랑 계속 대화하다가는 더 화가 날 것 같아서 게임을 종료시키고 나왔어요."

"그래, 좀비맨의 행동은 분명 화날 만해. 선우가 좀비맨에게 똑같이 대응하고 싶었던 것도 이해해."

"그렇지만 좀비맨에게 대응하지 않은 것은 잘한 것이다냥."

"잘한 일이에요? 하지만 제 기분은 나아지지 않았는걸요."

"온라인 게임을 하다가 상대방과 종종 시비가 붙곤 해. 그때 상대방에게 나쁜 말을 하는 경우가 있는데…… 그런데 그러면 말이지……."

록스의 판사봉이 소리를 냈다.

땅 땅땅!

그러자 푸드 트럭 서가에 빼곡히 꽂혀 있던 책 중 한 권이 둥실 떠올라 선우 앞에 펼쳐졌다.

모욕죄란?

형법 제311조(모욕)

공연히 사람을 모욕한 자는 1년 이하의 징역이나 금고 또는 200만 원 이하의 벌금에 처한다.

"게임 상대방에 대한 모욕죄가 성립될 수 있어. 상대방을 기분 나쁘게 하는 말, 욕설 등을 할 때 성립하는 범죄지."

"으앗! 제가 화가 난다고 좀비맨에게 똑같이 나쁜 말을 했으면 큰일 날 뻔했군요!"

"바로 그거다, 냥! 화가 난다고 똑같이 하면 안 된다, 냥."

"저는 온라인에서 주고받은 말들이 처벌받을 수 있는 행동인지 몰랐어요."

"실제로 게임을 하면서 주고받은 말 때문에 경찰서에 가는 경우가 정말 많아. 선우가 만난 좀비맨처럼 상대방이 나쁜 말을 하게끔 유도하는 경우도 있어."

"아, 저를 쫓아다니면서 일부러 게임을 훼방 놓는 경우를 말하는군요?"

"그렇지. 모욕죄는 상대방이 고소를 취소하면 처벌받지 않아. 그래서 합의를 목적으로 나쁜 말을 하도록 상황을 만드는 거지."

"으아, 전혀 몰랐어요. 온라인 게임에서 나쁜 말을 쓰면 안 되겠네요!"

"이런 사실을 잘 모르는 친구들이 많다냥. 상대방의 얼굴을 직접 보지 않고 하는 말이어도 늘 조심해야 한다냥."

"그런데 게임을 하다 보면 화나는 경우가 있는걸요. 그럴 땐 어떻게 하죠?"

"맞다냥. 나도 늘 욱하는 성격 때문에……. 그럴 때면 저울을 꺼내 내 마음이 어디로 치우쳐 있는지 확인을 한다냥. 이 저울을 줄 수도 없고……. 대장, 도와줘, 냥."

"오늘 선우가 게임 중에 상대방과 대화를 더 하지 않은 건 매우 현명한 대처였어. 그리고 여러 사람이 접속해서 같이하는 게임보다는 혼자서 미션을 헤쳐 나가는 게임을 하는 것도 좋은 방법이 될 수 있지."

"록스! 정말 도움이 많이 되었어요. 저도 게임 할 때 나쁜 말을 하지 않도록 늘 조심할게요. 그런데…… 이 달콤한 바닐라 냄새는 뭐예요?"

선우는 자신을 푸드 트럭으로 이끌었던 바닐라 냄새를 잊지 않았다. 선우의 물음에 록스, 로냥, 로지는 서로 눈빛을 교환했다.

"선우를 위해 특별히 준비한 간식이지. 바로 바로 '예쁜 말 가득 푸딩'!"

로지의 작은 손가락이 가리킨 곳에 큰 컵을 든 로냥이 있었다. 컵 안에는 꽃 모양의 푸딩이 담겨 있었다. 아이보리 색깔의 커스터드 위에 진한 캐러멜이 도톰하게 올려져 있고 그 위에 생크림, 또 그 위에 딸기가 올려져 있었다.

"예쁜 말 가득 푸딩을 먹으면 꽃처럼 예쁜 말을 하는 능

력이 선우에게 스며들 것이다, 냥!"

선우는 푸딩을 받아들고는 한 스푼 크게 떠서 입으로 넣었다. 달콤한 푸딩이 목구멍으로 눈 녹듯 사라졌다. 큰 스푼으로 입안 가득 넣었는데도 컵 안의 푸딩은 줄지 않고 계속 채워지는 것 같았다.

푸딩을 다 먹은 뒤에는 왠지 모르게 입에서 꽃향기가 나는 것 같았다. 꽃처럼 예쁜 말을 가득 할 수 있을 것 같은 기분이었다. 선우는 이제 좀비맨 따위는 신경 쓰이지 않았다.

"와, 이 푸딩 정말 맛있어요! 저…… 그런데 혹시…… 예쁜 말 가득 푸딩을 하나 더 받을 수 있나요?"

"아직도 배고픈 것이냥?"

"아, 아니요. 너무너무 맛있어서 우리 형도 가져다주고 싶어요! 우리 형도 게임을 좋아하거든요. 형이 저한테도 예쁜 말만 해 주면 더 좋고요. 하하하하!"

록스와 함께하는 법률 공부

"게임 속에서 한 나쁜 말도 처벌받나요?"

형법 제311조는 모욕죄에 관해 알려 줘요.

··

공연히* 사람을 모욕한 자는 1년 이하의 징역*이나 금고* 또는
200만 원 이하의 벌금*에 처한다.

- **공연히** : 많은 사람에게 널리 퍼지게
- **징역** : 교도소에 가두어 노역을 시키는 가장 무거운 형벌
- **금고** : 교도소에 가두지만 노역을 시키지는 않음
- **벌금** : 벌로 내게 하는 돈

··

★ 온라인 게임이나 단체 채팅에서 상대방의 가치를 떨어뜨릴 수
있는 나쁜 말을 하는 것은 모욕죄에 해당할 수 있어요.
★ 인터넷 사이트, SNS에 나쁜 댓글을 남기는 것도 처벌될 수 있
는 행동이에요.
★ 얼굴을 보지 않고 하는 채팅, 댓글 남기기라도 다른 사람에게
상처가 될 수 있으니 조심해야 해요.

휴대폰 사용 조절 김밥

"엄마, 나도 휴대폰 사 줘요. 엄마, 다른 친구들은 다 가지고 있단 말이에요!"

유진이는 매일같이 엄마를 졸랐다. 휴대폰이 너무나 갖고 싶었기 때문이다.

유진이 엄마도 고민이 많았다. 유진이 친구들이 하나둘 휴대폰을 들고 다니기 시작했다. 지금까지 버틴 것도 장하다고 생각했다. 유진이가 다니는 학원도 늘어나고 귀가 시간도 점차 늦어지다 보니 엄마도 휴대폰의 필요성을 느끼고 있었다.

"그래, 네 생일이 되면 한 번 생각해 볼게."

"야호! 내 생일 선물!"

일주일 후 유진이의 생일이 되었다. 유진이가 생일 케이크에 켜진 촛불을 있는 힘껏 불었다. 촛불이 꺼지자 유진이의 눈앞에 예쁘게 포장된 상자 하나가 놓였다. 상자를 열어보니 유진이가 그토록 그리던 휴대폰이 있었다. 유진이는 날아갈 듯이 기뻤다.

"유진아, 휴대폰에 시간 많이 뺏기지 않도록 조심해, 알았지? 그러지 않으면 다시 회수해 갈 거야."

"네, 엄마. 고마워요, 사랑해요!"

유진이는 방 안으로 들어왔다. 그간 친구들의 휴대폰 전화번호를 차곡차곡 적어 놓은 수첩을 펼쳤다.

"김민준, 010-4323…… 정윤아, 010-…….

친구들의 전화번호를 입력하느라 시간 가는 줄 몰랐다.

[민준아, 나 유진이. 나 휴대폰 생김.]

민준이를 시작으로 윤아, 진희…… 유진이가 친구들에게 문자를 잔뜩 보냈다. 친구들에게서 답장이 오면 기분이 너무 좋았다. 언제나 휴대폰 문자 알람은 유진이를 설레게 했다.

친구들에게 자신의 휴대폰 번호를 알리는 문자는 이미 보냈으니, 이번에는 무슨 내용을 보낼까 고민에 빠졌다. 그러다 유튜브에서 본 '행운의 편지'가 떠올랐다.

'으하하하! 바로 그거야!'

유진이는 컴퓨터 앞에 앉아서 행운의 편지를 찾기 시작했다. 그러고는 친구들한테 문자를 보내기 시작했다.

[이 편지는 영국에서 최초로 시작되었습니다. 3일 안에 일곱 명의 사람에게 이 편지를 보내지 않으면 당신에게 좋지 않은 일이 생깁니다.]

친구들의 반응은 폭발적이었다.

[김유진! 이게 뭐야! 너 이러고 놀고 있냐?]
[오~ 유진아, 더 보내 줘. 재밌다.]

[김유진 문자 소름!]

다들 유진이의 문자를 기다리는 것이 틀림없다. 유진이
는 더 신이 나서 여러 행운의 편지를 찾아 문자를 보냈다.
하루, 이틀, 사흘, 나흘. 유진이는 친구들에게 빠짐없이 문자
를 보냈다.

그런데 이상했다. 처음에는 답 문자가 금방 오곤 했는데,
이제는 답 문자가 오지 않았다.

'애들이 좋아했는데. 무슨 문제가 생긴 거지?'

★ ★ ★ ★ ★

"로냥, 오늘은 어떤 친구를 만나러 가는 거지?"

"대장 대장. 유진이라는 친구예요. 마법 스크린 한 번 보
세요."

록스, 로냥, 로지는 마법 스크린 앞에 옹기종기 모였다.

"답 문자 안 오는 건 휴대폰 수리점에 가 봐야 하는 거 아

이름 김유진, 3학년

취미 휴대폰 문자 보내기

좋아하는 간식 김밥

문제 상황
친구들로부터 답 문자를 받지 못하고 있다! 원인을 분석하고 해결하라!

니에요, 대장?”

유진이의 고민이 이해되지 않는 듯 로지의 마법 연필이 빙글빙글 돌았다.

“마법 스크린은 법률적 문제가 있는 친구만을 비춰 준다 냥. 마법 스크린을 못 믿는 것이냥?”

“하하하! 그래, 답 문자를 못 받는 것이 무슨 문제인지 유진이를 한 번 만나 봐야겠네. 휴대폰 고장인지도 살펴보지 뭐. 하하하!"

"그래요, 대장! 휴대폰 수리든 뭐든 해결해 주면 되지요, 뭐!"

"마법 스크린이 고장 났을 리 없다냥! 어서 유진이네 근처로 좌표 설정하자, 냥!"

"하하하, 그래, 그래. 우리 유진이네로 출발!"

★ ★ ★ ★ ★ ★

여전히 유진이는 휴대폰을 만지작거렸다. 친구들의 답 문자가 오는지 지켜보느라 눈이 빠질 지경이었다.

"다들 공부하고 있는 건가……? 놀이터에 나가 볼까?"

유진이는 휴대폰을 손에 쥐고 집 밖으로 나왔다. 그러고 는 놀이터로 터덜터덜 걸어갔다. 놀이터를 둘러보아도 친구들이 없었다. 벤치에 앉아 다시 휴대폰을 만지작거렸다.

그때 어디선가 흘러온 고소한 참기름 냄새가 놀이터에

가득 찼다. 틀림없다. 이건 김밥 냄새다. 유진이가 제일 좋아하는 김밥. 유진이는 휴대폰을 손에 꼭 쥔 채 냄새가 나는 곳으로 향했다. 그곳에는 커다란 2층 푸드 트럭이 있었다.

"저기, 여기 김밥 있나요?"

"그럼, 그럼, 없는 게 없는 푸드 트럭이지!"

로지가 살갑게 유진이를 맞이했다. 그때 '띠링' 하고 유진이의 손에 있던 휴대폰에서 알림 소리가 울렸다. 유진이는 헐레벌떡 휴대폰 알림을 확인했다. 그러고는 이내 실망했다.

"아…… 친구들 문자가 아니잖아. 안전재난 문자네."

"대장, 대장. 유진이 휴대폰은 문제가 없어 보입니다. 안전재난 문자가 잘 수신되는데요?"

"그러게. 휴대폰이나 통신사 문제는 아닌 것 같아."

록스와 로지가 속삭였다.

"기다리는 문자라도 있는 것이냥?"

"아, 그게요."

유진이는 그간 있었던 일을 록스, 로냥, 로지에게 말했다. 자신이 보낸 행운의 편지도 모두 빠짐없이. 그리고 친구들의 답 문자를 목이 빠지게 기다리고 있다고 말했다.

"음…… 나는 무슨 문제인지 알겠다냥."

"정말요? 무슨 문제인데요? 제 휴대폰은 문자도 전화도 잘되는데요. 휴대폰은 정상이에요."

"휴대폰 문제가 아니다냥!"

"그래, 유진아. 어쩌면 유진이의 문자가 친구들에게 무서웠을 수도 있어."

"하지만 친구들도 좋아했는걸요?"

"처음에는 재미있었을지 몰라. 하지만 괴담같이 무서운 이야기를 계속 문자로 받으면 무서울 수 있거든."

"제가 문자를 너무 많이 보냈나 봐요. 친구들하고 연락을 주고받는 것이 재미있다 보니 그만……."

"그래, 그럴 수 있어. 유진이에게 하나 알려 줄게."

록스의 판사봉이 소리를 냈다.

땅 땅땅!

그러자 푸드 트럭 서가에 꽂혀 있던 두꺼운 책 한 권이
유진이의 눈앞에 펼쳐졌다.

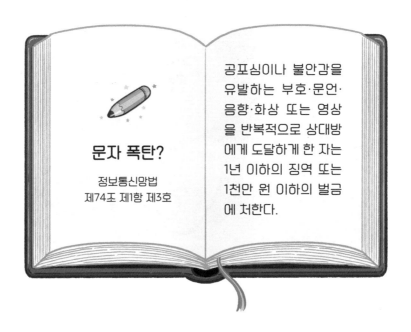

문자 폭탄?

정보통신망법
제74조 제1항 제3호

공포심이나 불안감을
유발하는 부호·문언·
음향·화상 또는 영상
을 반복적으로 상대방
에게 도달하게 한 자는
1년 이하의 징역 또는
1천만 원 이하의 벌금
에 처한다.

"유진아, 우리 법은 상대방을 무섭게 하거나 불안하게 만
들 수 있는 문자를 반복적으로 보내면 처벌한단다. 그렇기
때문에 문자 내용을 잘 생각해 보고 보내야 해."

"앞으로는 괴담 같은 거 보내지 말아야겠어요."

"그래, 그래. 앞으로는 꼭 필요할 때만 문자를 보내는 게 어떨까?"

"그러면 다시 친구들의 문자를 받을 수 있을까요?"

"당연하지. 유진아, 너무 걱정하지 마. 친구들도 유진이의 마음을 다 알아줄 거야."

"네! 저도 다시 용기 내 볼게요!"

"유진아, 유진아. 우리 푸드 트럭에 왔으니 그냥 가면 아쉽지! 유진이한테 딱 맞는 간식이 있어."

"김밥이요? 김밥이었으면 좋겠는데, 히히."

"딱 맞췄다냥! 여기 '휴대폰 사용 조절 김밥'이다냥!"

로냥이 들고 있는 김밥은 언뜻 일반 김밥과 똑같아 보였다. 그런데 밥알이 감싸고 있는 단무지, 달걀, 시금치, 햄이 알록달록 반짝였다. 김밥 위에 뿌려진 깨는 별가루처럼 빛났다.

유진이는 김밥 하나를 입속에 쏙 넣었다. 탱글탱글한 밥알과 고소한 달걀, 짭짤한 햄을 감싸는 시금치, 입안에 마지막 여운을 남기는 단무지까지 완벽한 하모니였다.

"우와! 김밥이 너무 맛있어요! 이 김밥 다 먹어도 되죠?"

"그렇다냥. 모두 유진이 것이다냥. 이 김밥을 다 먹으면 휴대폰 사용 조절 능력이 유진이에게 스며들 것이다냥."

"냠냠, 이 김밥, 우리 엄마가 좋아하겠는데요. 휴대폰 사용 조절 능력이라니, 냠냠."

"엄마도 같이 좋아하실 건 덤이다냥!"

"유진아, 앞으로는 문자나 음성 메시지를 남길 때 꼭 한 번 더 생각하기. 알았지?"

"네! 꼭 그럴게요."

록스와 함께하는 법률 공부

"문자 폭탄을 보내도 되나요?"
정보통신망법 제74조 제1항 제3호는 문자 폭탄에 관해 알려 줘요.

. . . .

공포심이나 불안감을 유발하는 부호*·문언*·음향*·화상* 또는 영상을 반복적으로 상대방에게 도달하게 한 자는 1년 이하의 징역 또는 1천만 원 이하의 벌금에 처한다.

- **부호** : 일정한 뜻을 나타내기 위하여 따로 정하여 쓰는 기호
- **문언** : 문장 속의 문구
- **음향** : 소리나 그 울림
- **화상** : 화면에 보여지는 이미지, 영상

. . . .

★ 다른 사람에게 무서움, 불안한 마음을 줄 수 있는 문자는 보내면 안 돼요.
★ 일방적으로 반복적인 문자를 보내는 것도 다른 사람을 불안하게 할 수 있어요.
★ 친구들에게는 예쁜 말, 고운 말로 연락해요.

욕심 조절 로제 떡볶이

요즘 시완이네 반에는 캐릭터 카드가 유행이다. 몬스터 그림과 능력이 쓰인 카드다. 몬스터의 귀여운 생김새도 인기 있지만 희귀 몬스터를 모으는 재미도 쏠쏠했다.

"엄마, 나도 카드 한 팩 사 주세요!"

"시완아, 도대체 몇 팩째야? 자꾸 이렇게 카드에 돈을 낭비해야겠니?"

"어제 진우는 또 새로운 카드 뽑았대!"

"안 돼. 카드가 널브러져 있는 것도 너무 보기 싫고, 정리도 안 되고. 이제 그만해."

'치, 나도 새 카드 가지고 싶은데…….'

시완이는 수학 학원 셔틀버스에서 내렸다. 학원에서도 온통 캐릭터 카드 생각뿐이었다.

이제 공원 길을 지나 집으로 가기만 하면 된다. 그런데 공원 샛길에서 낯익은 마크가 눈에 들어왔다. 캐릭터 카드의 뒷면이었다.

시완이는 앞면이 너무나 궁금했다. 카드 앞에 선 시완이는 캐릭터 카드 뒷면을 뚫어져라 응시했다.

'엄마가 다른 사람 물건에는 절대 손대지 말라고 했는데…….'

시완이는 엄마 말을 떠올리며 카드 주위를 계속해서 서성거렸다.

'이건 다른 사람 카드가 아니라 길에 떨어져 있는 것이니

까 괜찮지 않을까?'

시완이는 길가에 사람들이 있는지 재빨리 살펴보았다. 아무도 없었다. 시완이는 카드를 살짝 들어 뒤집었다.

"세상에, 초특급 레전드 슈퍼 하이퍼 레어 카드잖아?"

이건 주변 친구들 중 아무도 가지고 있지 않은 정말 희귀한 카드였다.

시완이는 쿵쾅대는 가슴을 부여잡고 다시 원래대로 카드를 뒤집었다.

'에이, 보지 말걸.'

그냥 앞면이 뭔지 궁금했을 뿐인데 막상 보고 나니 카드를 주워 가고 싶은 마음이 생겨 버렸다. 시완이는 공원과 아파트 샛길을 계속해서 왔다 갔다 했다. 그러면서 눈은 길바닥에 꽂혀 있었다.

★★★★★

로냥은 깨끗해진 푸드 트럭이 매우 맘에 들었다. 아이들나라에 온 지 한 달째. 이러다가는 푸드 트럭이 아닌 쓰레기 트럭이 될 것만 같았다. 로냥은 참지 못하고 룩스와 로지를 닦달해 3일 내내 푸드 트럭을 쓸고 닦았다.

로냥은 반짝반짝한 식탁에 앉아 우아하게 잔을 들었다. 로냥은 따뜻한 핫초코와 에그타르트가 너무나 잘 어울린다고 생각했다.

그때였다. 마법 스크린에서 알람이 울렸다.

이름 김시완, 3학년

취미 캐릭터 카드 모으기

좋아하는 간식 로제 떡볶이

문제 상황

시완이가 집으로 들어가지 못하고 있다. 그 이유를 파악하고 해결한 뒤 안전하게 귀가시킬 것.

도움이 필요한 친구가 생긴 모양이었다. 며칠간 푸드 트럭을 청소하느라 기진맥진해진 록스와 로지였지만 도움이 필요한 친구를 외면할 수는 없었다. 록스, 로냥, 로지는 마법 스크린 앞으로 모여 들었다.

"대장, 대장. 시완이에게 무슨 일이 있는 걸까요? 혹시 집 앞에 나쁜 사람이 있는 거 아니에요?"

"글쎄, 로지. 로지 생각대로라면 긴급 상황이네! 얼른 가 봐야겠어."

"바로 시완이네 집으로 좌표 설정하겠다냥!"

★★★★★

시완이는 카드 주변을 계속해서 서성거렸다. 반복해서 길을 오가느라 오늘 해야 할 운동은 다 한 것 같았다.

배에서 꼬르륵 소리가 났다. 카드를 유심히 지켜보느라 미처 몰랐다. 자신의 눈앞에 커다란 푸드 트럭이 있다는 사실을!

'아니, 언제부터 여기에 푸드 트럭이 있었던 거지?'

심지어 시완이가 제일 좋아하는 떡볶이 냄새가 공원에 퍼졌다. 치즈와 우유가 가미되어 고소한 맛이 추가된 로제 떡볶이다. 시완이는 떡볶이 냄새가 나는 곳으로 다가갔다.

"안녕, 안녕! 어서 와, 시완아!"

"어? 제 이름을 어떻게 아셨어요?"

"우린 아이들에 관해서라면 모르는 것이 없다냥!"

"와! 그래서 제가 로제 떡볶이 좋아하는 것도 아시는 거예요? 냄새가 너무 좋아요!"

시완이는 떡볶이 냄새를 맡으며 함박 미소를 띠었다.

"그럼, 그럼. 시완이를 위해 준비된 로제 떡볶이지! 그런데 저 공원 길을 계속 왔다 갔다 하던데 뭘 잃어버렸니? 같이 찾아 줄까?"

"아, 그게 아니고요. 하하핫."

시완이는 싱글벙글 웃기만 할 뿐 선뜻 이유를 말하지 못했다. 로지가 답답해서 시완이에게 다시 물었다.

"시완, 시완, 도대체 무슨…… 읍!"

"조용히 해라냥. 시완이가 말해 줄 때까지 기다리는 것이 맞다냥."

로냥이 로지의 입을 앞발로 살포시 덮었다.

"그게, 저…… 그게 말이죠."

록스, 로냥, 로지가 반짝이는 눈으로 시완이를 바라보았다. 시완이의 장난기 가득한 얼굴에서 천천히 이유가 흘러나왔다.

록스는 이유를 듣자 시완이가 너무 귀여웠다. 시완이 또래라면 떨어져 있는 카드를 두고 고민하는 것 자체가 어쩌면 대단한 절제력을 발휘하는 것일지도 모른다.

"카드를 갖고 싶어서 카드 주변을 서성거린 거구나. 그냥 카드를 주워서 집으로 가지 않은 이유가 있어?"

"아! 엄마가 다른 사람 물건에는 절대 손대지 말라고 했어요. 그런데 저 카드는 주인이 누군지도 모르고 그냥 땅에 떨어져 있으니까, 내가 주워도 괜찮지 않을까 하는 생각이 들었어요. 그래서 카드 주변을 서성거린 거예요."

"시완아, 우선 떨어진 카드를 가져오지 않은 점은 정말

칭찬해! 그리고 이것까지 알면 더 좋을 것 같구나!"

록스의 판사봉이 소리를 냈다.

땅 땅땅!

그러자 푸드 트럭 서가에 꽂혀 있던 두꺼운 책 한 권이
둥실 떠올라 시완이 앞에 펼쳐졌다.

떨어진 물건?

형법 제360조 제1항
(점유이탈물횡령)

유실물, 표류물 또는
타인의 점유를 이탈
한 재물을 횡령한 자
는 1년 이하의 징역이
나 300만 원 이하의
벌금 또는 과료에 처
한다.

"시완아, 다른 사람의 물건을 가져오는 것은 당연히 안 되고 다른 사람이 잃어버린 물건을 함부로 주워 오는 것도 안 된단다. 명백하게 버려진 물건이 아니라면 주워 오면 안 되는 거야."

"그러면 땅에 떨어져 있는 건 버려진 것이 아니에요?"

"버려진 물건인지 잃어버린 물건인지는 상황에 따라 구별해야 해. 그렇지만 요즘에는 물건을 아무데나 버리지 않고 정해진 장소에 버리잖니? 쓰레기 버리는 장소 이외에서 발견된 물건은 잃어버린 물건이라고 생각하는 게 좋아."

"저도 저 카드가 버려졌을 거라고는 생각하지 않았어요. 저런 카드를 누가 버리겠어요! 아마 잃어버린 친구가 너무 슬퍼하고 있을 것 같아요."

"그렇다냥. 카드를 그대로 놓고 온 것은 아주 잘한 것이다냥!"

"그래도 밤새 저 카드가 생각나서 잠이 안 올 것 같아요."

시완이는 해맑게 웃으며 로냥에게 말했다. 그때 로냥의 평정심 저울이 기분 좋은 방향으로 기울었다.

"나에게 좋은 생각이 있다냥! 초특급 레전드 슈퍼 하이퍼 레어 카드보다 더 초특급 레전드 슈퍼 하이퍼 레어한 경험을 하면 카드가 잊힐 것이다냥!"

로냥의 말에 록스도 눈을 반짝였다. 로지도 곧 록스와 눈빛을 주고받았다.

록스는 양 날개를 엑스자로 모은 뒤 손가락을 '딱' 하고 튕겼다. 그러자 푸드 트럭 주변에 커다란 비눗방울이 생겼다. 비눗방울 밖은 시간이 아주 느리게 흐르는지 바람에 흔들리는 나뭇잎이 멈춘 것처럼 보였다.

"우와아!"

시완이는 자신을 둘러싼 비눗방울을 보고 탄성을 질렀다. 손가락으로 비눗방울을 건드려 보았다. 그러자 시완이의 손가락과 닿은 비눗방울이 잠시 일렁였다. 그러나 다시 제자리를 찾은 듯 둥근 모양으로 돌아왔다.

"여기, 여기! 여기로 들어가자, 시완, 시완!"

로지가 호들갑을 떨며 말했다. 시완이는 로지를 따라 푸드 트럭 뒤편에 마련된 출입문으로 들어섰다.

시완이가 푸드 트럭 안으로 들어서자 놀라운 광경이 펼쳐졌다. 분명 앞에서 볼 때는 그냥 트럭이었다. 그런데 안으로 들어오니 넓디넓은 주방까지 갖춘 커다란 카페 같은 공간이 드러났다.

넓은 공간 한쪽 면에는 투명한 간식 진열대가 배치돼 있었다. 진열대 위에는 알록달록한 젤리빈들이 유리병 가득 담겨 있었다. 푸드 트럭의 천장에는 마치 하늘이 열린 것처럼 무지개가 펼쳐져 있었고 별빛이 내리듯 은은한 반짝거림이 쏟아져 내렸다.

시완이는 두리번두리번 정신없이 푸드 트럭 구석구석을 살피다가 한쪽 구석에서 2층으로 올라가는 계단을 발견했다.

"2층도 올라가 봐도 돼요?"

"아, 그…… 거긴, 그게 말이지."

록스는 로냥의 눈치를 살폈다. 깔끔쟁이 로냥의 허락이 있어야 구경을 시켜 줄 수 있을 것 같았다.

"올라가 봐도 된다냥! 내가 아까 싹 정리해 두었다냥! 날이면 날마다 볼 수 있는 것이 아니다냥!"

푸드 트럭으로 손님을 처음 맞이한 로냥도 어딘가 신나 보였다.

시완이는 로냥의 말에 힘입어 씩씩하게 2층으로 올라갔다. 2층 역시 외부에서 보던 푸드 트럭과는 다른 넓은 공간이 펼쳐졌다. 록스, 로냥, 로지가 안락하게 잘 수 있는 침대 세 개, 간이 주방, 단란한 식사를 할 수 있는 식탁, 보드랍고 포근한 카펫. 모든 것이 폭신폭신하고 따뜻해서 시완이는 그대로 침대에 눕고 싶었다.

그때였다.

'띠링, 띠링, 띠링.'

1층에서 무언가를 알리는 알람이 울렸다.

"대장, 대장! 떡볶이가 다 된 모양이에요!"

"아, 그렇지! 마법 타이머가 울린 모양이군. 시완, 1층에 내려가서 떡볶이 먹지 않을래?"

시완이가 푸드 트럭 밖에서부터 맡았던 떡볶이 냄새가 틀림없다. 시완이는 떡볶이 냄새에 이끌려 푸드 트럭에 왔던 사실을 기억해 냈다.

"좋아요, 좋아요! 저 떡볶이 먹고 싶어요."

"내려가는 곳은 여기다냥!"

로냥이 올라왔던 계단의 반대쪽을 가리켰다. 그곳에는 천장까지 이어진 기다란 봉이 있었다. 로냥이 먼저 시범을 보였다.

"이 봉을 잡고 이 동그란 공간에 올라서면 된다냥!"

로냥이 봉을 잡고 동그란 공간에 올라섰다. 그러자 '슉' 소리와 함께 순식간에 로냥이 사라졌다. 다음으로 로지가 올라섰고 순식간에 공간이 아래로 뚫린 듯이 로지가 사라졌다.

시완이는 겁이 났지만 로냥과 로지가 했던 대로 봉을 잡고 동그란 공간에 올라섰다. 그러자 투명한 관을 통해 엘리베이터가 내려가는 듯 '슉' 하고 1층에 도착했다. 놀이기구를 타는 듯이 재미있어서 다시 2층으로 올라가고 싶을 지경이었다.

로냥이 예쁜 그릇에 떡볶이를 담아 탁자에 내려놓았다. 먹음직스러운 분홍빛 로제 떡볶이였다. 별 모양 떡과 달 모양 어묵이 한가득 담긴 떡볶이라니, 왠지 모르게 떡볶이에

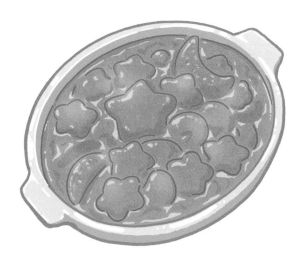

서 은은한 빛이 나는 것 같았다.

"잘 먹겠습니다!"

시완이는 떡과 어묵을 한입 가득 넣었다. 은은한 매콤함
과 적당한 달콤함에 고소한 우유향까지 풍겼다. 시완이의
입맛에 딱이었다. 떡은 젤리처럼 쫄깃했다. 어묵은 떡을 감
싸며 부드럽게 입안을 통과했다.

"우와아! 너무 맛있어요!"

"시완이를 위해 특별히 만든 떡볶이다냥! 이름하여 '욕심

조절 로제 떡볶이'다냥!"

이제야 2층에서 내려온 록스는 로냥이 다른 때보다 신이 났다고 느꼈다. 로냥은 깨끗해진 푸드 트럭에 손님을 초대한 것이 너무나 즐거웠던 것이 틀림없다.

"이 로제 떡볶이를 먹으면 시완이에게 필요 없는 욕심을 조절할 수 있는 능력이 스며들 것이다냥! 다른 사람의 물건에 대한 욕심, 필요 없는 물건을 사고 싶은 욕심…… 이유 없는 욕심들을 잘 조절할 수 있게 될 것이다냥!"

"우와, 진짜요? 정말 최고예요!"

우물우물 떡볶이를 먹으면서도 시완이는 활짝 웃으며 대답했다. 시완이는 록스, 로냥, 로지와 함께 한참 동안 수다를 떨며 웃었다.

록스와 함1께하는 법률 공부

"땅에 떨어진 물건을 가져가도 되나요?"

형법 제360조 제1항은 점유이탈물횡령에 관해 알려 줘요.

∙ ∙

유실물,˙ 표류물˙ 또는 타인의 점유˙를 이탈˙한 재물을 횡령˙한 자는 1년 이하의 징역이나 300만 원 이하의 벌금 또는 과료˙에 처한다.

- **유실물** : 잃어버린 물건
- **표류물** : 바다나 하천에 떠다니는 물건
- **점유** : 물건이나 영역을 차지함
- **이탈** : 어떤 범위에서 떨어져 나옴
- **횡령** : 남의 재물을 불법으로 차지하여 가짐
- **과료** : 일정 금액을 내는 형벌로 벌금보다 가벼움

∙ ∙

★ 다른 사람이 잃어버린 물건을 '점유이탈물'이라고 해요.
★ 다른 사람이 잃어버린 물건도 함부로 가지고 오면 안 돼요.
★ 다른 사람의 물건 또는 다른 사람이 잃어버린 물건을 함부로 가져오는 것은 처벌받는 행동이에요.

안전 행복 사탕

"로지, 로냥. 오늘은 마법 스크린이 조용하지?"

"대장, 대장. 그러네요. 오늘은 알림 소리 못 들었어요."

"대장! 그러면 오늘은 학교 앞에 가서 아이들이 뛰어노는 걸 보면 어때요?"

"그거 좋은 생각인데? 아이들 웃음소리는 언제나 좋은 에너지를 주지!"

"분명 오늘도 고민 있는 친구가 있을 것이다냥!"

로냥은 푸드 트럭에 간식을 가득가득 담았다. 간식 진열장에 떨어진 간식은 없는지, 간식 진열장은 반짝반짝 빛나는지 확인했다. 로지는 무지갯빛 젤리빈이 더욱 돋보이도록 유리병을 깨끗하게 닦았다. 로냥은 늘 이렇게 깨끗하고 반짝반짝한 것이 좋았다.

록스는 도시의 한 초등학교로 좌표를 설정했다. 분홍색 2층 푸드 트럭은 어딜 가든 눈에 띄었다. 초등학교가 보이는 건너편 도로에 살포시 주차를 했다. 아이들이 뛰어노는 모습도, 공부하는 모습도 훤히 잘 보일 것 같았다.

1교시, 2교시, 3교시, 4교시, 점심시간까지, 아무 문제 없이 아이들이 잘 지내는 모습을 보니 록스, 로냥, 로지 모두 흐뭇했다. 오늘은 고민 있는 친구를 만나지 못해도 좋을 것 같았다.

이제 곧 하교 시간이다. 하교하는 아이들에게 행복 사탕을 잔뜩 나눠 줄 것이다. 아이들의 오늘이 더 더 행복하도록. 때마침 하교를 알리는 종소리가 울렸다.

'딩 동 댕 동!'

록스, 로냥, 로지는 아이들을 만날 생각에 잔뜩 기대가 부

풀어 올랐다.

★★★★★

'빨리 피아노 치러 가야지!'

세현이에게 피아노를 치는 것은 큰 기쁨이었다. 오늘은 피아노 학원에 가는 날이었다. 학교에서 길을 하나 건너면 피아노 학원이었다. 세현이는 얼른 학원에 가서 피아노를 조금이라도 더 치고 싶었다.

세현이는 하교 종이 울리자 가방을 어깨에 메고는 교실을 박차고 나왔다. 교문 앞의 횡단보도가 눈에 들어왔다. 마침 신호등이 초록불로 바뀌었다. 열심히 달려가면 초록불이 꺼지기 전에 길을 건널 수 있을 것 같았다.

세현이는 재빠르게 달렸다. 초록불이 깜빡거리기 시작했을 때 횡단보도에 도착했다. 세현이는 길 건너 학원만 보며 열심히 달렸다. 그때 그만 신호등이 빨간불로 바뀌었다.

세현이 앞에서 '빵빵!' 하는 큰 경적 소리가 들렸다. 세현이는 너무 놀라 움직일 수 없었다.

그 순간 '끼익!' 하는 타이어 마찰음이 크게 들려왔다. 멀리서 차량 신호등만 보며 달려오던 차가 신호등이 초록불에서 빨간불로 바뀌자 속력을 줄이지 않고 그대로 달리다가 세현이 앞에서 급정지한 것이다.

세현이는 너무 놀라 그 자리에 주저앉았다.

"어머, 애, 괜찮니?"

운전석에서 내린 아주머니가 세현이에게 물었다.

세현이는 다리에 힘이 풀려 주저앉은 것인지, 차와 부딪혀서 주저앉은 것인지 알 수 없었다. 다행히 몸이 아프지는 않은 것 같았다. 세현이는 자신이 무사하다는 생각을 하면서 피아노 학원에 가던 중이었다는 사실을 떠올렸다.

"괜찮아요."

"다친 데는 없니?"

"네…… 그런 것 같아요."

운전자 아주머니는 세현이를 일으켜 세웠다. 그리고 세현이가 다친 곳은 없는지 위아래로 살폈다.

"병원 안 가 봐도 되겠니?"

"네, 저 그냥 갈게요. 아프지 않은 것 같아요."

"그럼 그럴래? 그럼 잘 가렴."

운전자 아주머니는 다행이라는 듯 세현이를 바라보며 말했다.

그때 마법의 푸드 트럭 모니터에서 강력한 경고음이 울렸다. 지금까지 울렸던 알람과는 차원이 다른 경고음이었다.

이름 김세현, 2학년

취미 피아노 연주

좋아하는 간식 사탕

문제 상황

세현이가 지금 교통사고를 당했다. 안전하게 구호 조치가 필요하다!

록스는 긴급하게 양 날개를 엑스자로 교차한 뒤 손가락을 '딱' 하고 튕겼다. 그러자 운전자 아주머니, 세현이, 록스, 로냥, 로지를 감싸는 커다란 비눗방울 막이 생겼다. 세현이는 피아노 학원에 가려다가 눈앞에 생긴 비눗방울 안에 갇히게 되었다.

세현이는 손가락으로 비눗방울을 눌렀지만 신기하게도 터지지는 않았다. 비눗방울 밖은 시간이 다르게 흐르는 듯 모든 것이 아주 천천히 움직였다. 바람에 흩날리는 나뭇잎도 그 움직임을 알아볼 수 있을 정도였다.

"잠깐, 잠깐, 잠깐만요!"

로지가 운전자 아주머니를 막아섰다.

"그냥 가시면 안 됩니다!"

록스도 큰 소리로 말했다. 로냥은 세현이가 괜찮은지 요리조리 살피고 있었다.

"아니, 학생이 괜찮다는데 그냥 가면 안 된다니, 그게 무슨 소리예요?"

비눗방울에 갇혀 당황한 아주머니는 록스의 말을 이해할

수 없었다.

"사고에 대한 모든 조치가 취해지지 않았습니다."

"아니, 학생이 다치지 않은 걸 확인했으면 됐지, 뭘 더 하란 말이에요?"

아주머니는 록스에게 지지 않았다. 이 말을 들은 록스는 힘차게 판사봉을 내리쳤다.

땅 땅 땅!

그러자 마법의 푸드 트럭 서가에서 두꺼운 책 한 권이 둥실 떠올라 운전자 아주머니와 세현이 눈앞에 사르륵 펼쳐졌다.

"운전자는 사고가 났을 때 다친 피해자를 구호해야 하고 운전자의 이름, 전화번호 등도 제공해야 한다냥."

로냥이 세현이 옷에 묻은 먼지를 털며 운전자 아주머니에게 말했다.

"아니, 겉으로 봐도 다친 구석이 없는데 무슨……."

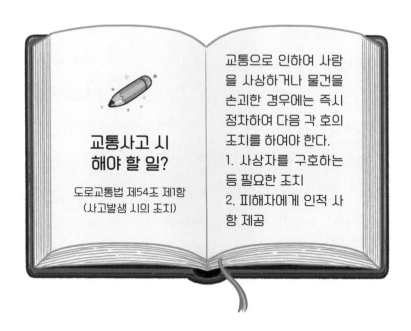

교통사고 시
해야 할 일?

도로교통법 제54조 제1항
(사고발생 시의 조치)

교통으로 인하여 사람을 사상하거나 물건을 손괴한 경우에는 즉시 정차하여 다음 각 호의 조치를 하여야 한다.
1. 사상자를 구호하는 등 필요한 조치
2. 피해자에게 인적 사항 제공

"아닙니다. 교통사고는 사고 즉시 다친 곳을 확인할 수 없는 경우도 있고 특히 아이들의 경우에는 어디를 다쳤는지 정확히 알 수 없기 때문에 꼭 다친 곳을 확인해 봐야 하죠."

"아니, 저 학생이 병원 안 가 봐도 된다고 했다니까요?"

"아이의 판단으로만 결정하기 어려운 상황입니다. 아이의 부모님과 상의해야 할 상황인 거죠. 그렇기 때문에 운전자의 연락처가 필요한 거고요. 세현이의 부모님과 연락이 필요할 것 같군요."

"아니, 꼭 그렇게까지 해야 해요?"

"그렇습니다. 피해자에 대한 구호 조치를 제대로 취하지 않고 사고 현장을 떠나는 것은 처벌받는 행동이죠."

록스가 아주머니의 기세에 지지 않고 근엄하게 말했다. 록스의 근엄함에 아주머니는 조금 놀란 기색이었다.

"세현아, 세현아, 다친 곳은 없어?"

"아…… 나는 괜찮은 것 같은데."

"아니다냥. 세현이도 꼭 알아 두어야 한다냥! 겉으로는 아무리 다친 곳이 없어 보여도 꼭 운전자의 연락처를 받아 두어야 한다냥! 부모님께도 연락해야 한다냥!"

"지금 엄마는 일하고 계셔서 연락이 안 될 것 같은데……."

"세현아, 엄마에게 연락 한 번 해 보렴. 엄마에게 이 상황을 알려야 할 것 같구나. 어머님이 만약 오지 못한다고 하시면 우리가 같이 병원에 가 줄게."

세현이는 주저했다. 엄마가 한창 바쁘게 일하는 시간이

었기 때문이다. 그래도 엄마에게 이 상황을 알려야 한다는 록스의 단호함은 이길 수 없었다.

록스가 다시 한 번 손가락을 튕기자 주위를 감싸고 있던 비눗방울이 퐁 하고 사라졌다. 그러고는 다시 원래의 시간이 흐르기 시작했다.

운전자 아주머니는 교통에 방해되지 않도록 차를 주차했다. 세현이는 조심스럽게 휴대폰을 꺼내 엄마에게 전화를 걸었다.

"엄마, 저…… 있잖아요."

세현이는 조심스럽게 엄마에게 교통사고 사실을 알렸다. 항상 차 조심을 하라고 했던 엄마에게 교통사고 소식을 전하는 것이 쉽지 않았다.

통화는 길지 않았다. 사정을 들은 세현이의 엄마는 날아온 듯 10분도 채 되지 않아 사고 현장에 도착했다.

"세현아!"

놀란 세현이 엄마는 세현이를 끌어안았다. 세현이 엄마는 세현이가 많이 다치지 않은 것을 확인한 후 운전자 아주머니와 이야기를 나누었다.

세현이는 록스, 로냥, 로지에게 다가왔다.

"고마워요. 저는 엄마가 바쁘시기도 하고 제가 많이 다친 것 같지 않아서 그냥 넘어가도 될 일이라 생각했어요."

"세현아, 많이 당황스러웠을 거야. 그렇지만 교통사고가 발생했을 때는 꼭 기억하렴. 운전자의 이름, 연락처, 주소 등을 꼭 받아 놓기로. 자동차 번호도 좋고. 그리고 부모님한테 연락을 하고, 꼭 병원에 가 보는 거야. 알았지?"

"네! 그럴게요."

"세현아, 잠깐 기다려라냥."

로냥이 작은 분홍색 복주머니를 열었다. 복주머니에서는 무지갯빛 알록달록한 별 모양 사탕이 굴러 나왔다. 하늘의 별을 따다가 옮겨 놓은 것같이 영롱한 빛을 내는 사탕이었다. 로냥은 세현이의 입속으로 무지갯빛 별 사탕을 쏘옥 넣어 주었다.

"안전 행복 사탕이다냥. 이 사탕을 먹으면 사고는 피해 가고 행복한 일이 가득할 것이다냥!"

세현이의 눈이 커졌다. 입안에 달콤함을 잔뜩 머금은 것으로 이미 행복함이 가득했다.

"저, 이 사탕 조금 더 나눠 줄 수 있어요?"

"왜, 왜, 왜? 누구, 누구 주고 싶은 거야?"

"저 운전자 아주머니요! 안전 운전 하셔야 할 것 같아서요. 하하하하!"

로냥은 분홍빛 복주머니를 세현이에게 건넸다. 세현이는 복주머니 안에 있는 사탕 개수를 세어 보더니 싱글벙글했다.

세현이는 록스, 로냥, 로지에게 인사를 하고 엄마에게 갔다. 그러고는 복주머니 속의 별 모양 사탕을 달그락거리며 꺼내서 운전자 아주머니와 엄마에게 나눠 주었다.

세현이는 오늘 교통사고 때문에 많이 놀랐지만 놀란 것보다 더 큰 행복이 찾아올 것 같았다. 입안에 안전 행복 사탕의 달콤함이 가득했기 때문이다.

록스와 함께하는 법률 공부

"교통사고 후 다치지 않으면 그냥 가도 되나요?"

도로교통법 제54조 제1항은 교통사고 시 조치에 관해 알려 줘요.

· ·

차 또는 노면전차*의 운전 등 교통으로 인하여 사람을 사상*하거나 물건을 손괴*한 경우에는 그 차 또는 노면전차의 운전자나 그 밖의 승무원은 즉시 정차하여 다음 각 호의 조치를 하여야 한다.

1. 사상자*를 구호*하는 등 필요한 조치
2. 피해자에게 인적 사항(성명·전화번호·주소 등을 말한다) 제공

- **노면전차** : 도로에 설치한 레일 위를 운행하는 차
- **사상(자)** : 죽거나 다침(다친 사람)
- **손괴** : 물건을 망가뜨림
- **구호** : 어려움에 처한 사람을 도와 보호하는 일

· ·

★ 교통사고가 났을 때는 교통사고 상황을 부모님에게 꼭 알리고 운전자의 이름, 전화번호, 주소 등을 꼭 받아야 해요.

★ 후유증은 바로 알 수 없기에 병원 진료를 받는 것이 좋아요.

원하는 대로 젤리

"모두들 일어나라, 니양!"

오늘 아침 로냥의 목소리가 심상치 않다. 록스는 아직도 침대에서 꾸물대고 있었다.

"왜 그래, 왜 그래, 로냥? 나는 이미 깨어 있었어. 딸꾹!"

식탁에 앉아 따끈하게 데워진 에그타르트를 먹던 로지가 그만 목이 메어 딸꾹질을 했다. 로지의 입에 묻은 에그타르트 부스러기가 딸꾹질에 맞춰 바닥에 떨어졌다.

"지금 푸드 트럭 2층을 보라냥! 대청소한 지 얼마 지나지도 않았는데 이게 웬 쓰레기장이냥!"

로냥의 평정심 저울이 왼쪽 오른쪽으로 심하게 흔들렸다. 로냥의 평정심이 깨진 것이다.

로냥의 말에 로지는 주위를 둘러보았다. 며칠 전까지 반짝반짝했던 2층이 엉망진창이 되어 있었다. 로냥의 침대만이 깨끗하게 정리되어 있을 뿐.

식탁에는 음식 부스러기가, 쓰레기통에는 아직 비우지 못한 쓰레기가, 싱크대에는 설거지거리가 가득 쌓여 있었다. 깔끔한 로냥이 그때그때 치운다지만 그래도 푸드 트럭의 넓은 2층을 깨끗하게 유지하기에는 무리였다.

"하하핫, 내가 오늘 다 치우려고 했다고. 따악 한 발 늦었네. 하하핫."

록스가 눈을 비비며 일어나더니 로냥의 기분을 풀어 주려고 이불 정돈을 시작했다.

"대장, 대장. 로냥이 더 이상 참을 수 없나 봐요. 그렇게 지저분해 보이지 않는데……."

"뭐라고 하는 것이다냥!"

"아냐, 아냐, 로냥. 지금부터 열심히 식탁을 치우겠다고."

로지는 록스에게서 쪼로록 멀어지더니 바닥에 떨어진 에그타르트 가루를 치웠다.

"오늘은 대청소 날이다냥! 이렇게 지저분한 상태에서는 더 이상 살 수가 없다냥!"

"어, 그래 로냥. 오늘은 대청소하는 날로 결정! 나도 정리 정돈 하고 쓰레기 버리러 갈게!"

록스와 로지는 로냥의 눈에서 발사되는 레이저빔을 피해 바쁘게 움직였다. 록스와 로지는 로냥의 평정심 저울이 어서 수평으로 돌아오길 바랄 뿐이었다.

★★★★★

"엄마, 저…… 장난감 다 버릴래요."

건하가 시무룩하게 말했다.

"응? 장난감은 왜? 네가 다 잘 가지고 노는 것들이잖아?"

엄마는 건하가 장난감들을 버리려는 이유를 알 수 없었

다. 며칠 전까지만 해도 잘 가지고 놀던 장난감들이었다. 갑자기 건하의 마음이 바뀐 이유는 알 수 없지만 집 안을 잔뜩 어질러 놓는 장난감을 치우겠다는 의지를 굳이 꺾고 싶지는 않았다.

"그래, 여기 쓰레기봉투. 더 가지고 놀 건지, 이제 그만 가지고 놀 건지 잘 생각해서 봉투에 담아. 알았지?"

"네……."

건하는 가득 채운 쓰레기봉투를 집 앞 쓰레기장으로 들고 갔다.

쓰레기봉투를 내려놓고 돌아서는데, 차마 발걸음이 떨어지지 않았다. 건하가 좋아하는 마법 요정 피규어들, 새콤달콤 디저트 가게, 귀여운 캐릭터 스티커들이 쓰레기봉투에 한가득 담겨 있었기 때문이다.

"웃차, 웃차."

어디선가 힘들게 쓰레기봉투를 들고 오는 소리가 들렸다. 로냥의 성화에 푸드 트럭을 깨끗하게 정리한 록스가 쓰레기를 버리러 나온 것이다.

건하는 소리가 나는 쪽으로 고개를 돌렸다. 반짝반짝한 하얀색 깃털의 록스가 낑낑대며 쓰레기봉투를 들고 오고 있었다.

"엇?"

하얀 부엉이 뒤로 커다란 2층 푸드 트럭이 보였다. 먹음직스러운 샌드위치, 꽃 모양 푸딩, 하얗게 반짝이는 별 모양 탕후루, 알록달록한 젤리빈이 담긴 병들이 진열된 큰 트럭이었다.

건하는 근처에서 본 적이 없는 푸드 트럭의 모습에 눈이 휘둥그레졌다. 당장이라도 가서 젤리를 입에 넣고 싶었다.

"안녕, 친구! 쓰레기장 앞에서 만나다니! 엄마의 심부름으로 쓰레기 버리러 온 거야? 정말 착한 친구구나!"

록스가 힘차게 인사를 건넸다.

"안녕하세요. 아…… 이건 엄마가 시킨 게 아니에요."

건하는 쭈뼛쭈뼛 말했다.

록스는 건하가 들고 있는 반투명 쓰레기봉투 안을 슬쩍 보았다. 커다란 집 모양의 분홍색 장난감과 예쁜 요정 피규

어들이 가득 담겨 있었다. 버릴 만큼 오래되거나 낡아 보이
지 않는 장난감들이었다.

　록스가 이상하다고 느낀 순간 록스의 귀가 쫑긋 움직였
다. 분명 마법 스크린의 알람이었다. 록스는 푸드 트럭 쪽으
로 눈을 돌렸다. 이미 로냥과 로지가 마법 스크린 앞에 앉아
상황을 파악하고 있었다.

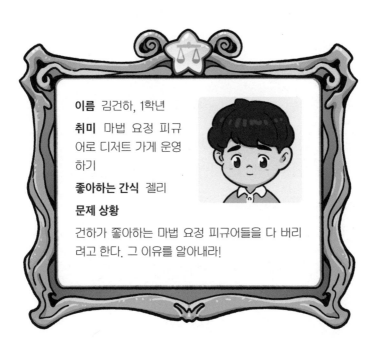

이름 김건하, 1학년
취미 마법 요정 피규
어로 디저트 가게 운영
하기
좋아하는 간식 젤리
문제 상황
건하가 좋아하는 마법 요정 피규어들을 다 버리
려고 한다. 그 이유를 알아내라!

로냥과 로지는 록스와 눈빛을 교환했다. 록스도 이제 건하에게 문제 상황이 있다는 것을 눈치챘다.

"음…… 친구가 공부를 열심히 하려고 장난감을 정리하는 건가? 그렇다면 더 박수 쳐 주고 싶은데?"

"아니요, 그런 게 아니라……."

그때였다. 푸드 트럭에서 내린 로지가 건하 곁으로 쪼르륵 달려왔다. 그러고는 쓰레기봉투 안을 살폈다.

"우와, 우와! 너무 귀엽고 예쁜 피규어들이다!"

"그렇죠? 정말 예쁘죠? 저도 그렇게 생각해요!"

시무룩하던 건하의 얼굴이 밝아졌다.

"그래, 너무 예쁜 피규어들이랑 장난감 가게 같은데 왜 버리려고 하는 거야? 넌 아직 좋아하는 것 같은데?"

"그…… 그게요."

며칠 전이었다. 건하는 친구들을 집으로 초대해서 같이 놀고 있었다. 보드게임도 하고 체스도 하면서 시간을 보냈다. 그러다가 한 친구가 말했다.

"어? 이건 여자애 장난감인데?"

"그러게. 이건 여자애들이 좋아하는 요정 피규어잖아?"

"뭐야, 김건하! 너 여자애 장난감 가지고 노냐?"

"어? 어? 그게…… 그게 아니라…… 그건 내 것이 아니고……."

"아니긴 뭐가 아니야. 김건하, 여자애 장난감 좋아하네!"

건하는 얼굴이 빨개졌다.

"얘들아, 간식 먹으렴."

"오? 간식 먹으러 가자!"

"그래, 야호!"

건하의 엄마가 간식을 먹으라고 하자 친구들은 이내 식탁으로 몰려갔다. 건하만 얼굴이 빨개진 채 마법 요정 피규어 앞에 남겨졌다.

바로 그 때문이었다. 건하는 더 이상 친구들에게 놀림 받고 싶지 않았다. 그래서 요정 피규어며 디저트 가게를 다 버리기로 결심한 것이다.

"그래서였구나. 건하가 많이 속상했겠는걸."

"네. 그렇지만 저도 이제 요정 피규어는 그만 가지고 놀아야 할 것 같아서요."

"아냐, 아냐, 그렇지 않아! 대장, 대장! 건하에게도 양성평
등에 대해 알려 주도록 해요!"

"그러자, 로지!"

록스는 쓰레기 뭉치를 쓰레기함에 휙 던지고는 손가락을
'딱' 하고 튕겼다. 그러자 록스의 마법 판사봉이 힘차게 움
직였다.

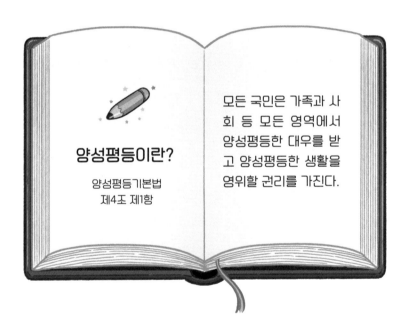

양성평등이란?

양성평등기본법
제4조 제1항

모든 국민은 가족과 사
회 등 모든 영역에서
양성평등한 대우를 받
고 양성평등한 생활을
영위할 권리를 가진다.

땅땅땅!

그러자 푸드 트럭 서가에 꽂혀 있던 두꺼운 책 한 권이 두둥실 떠올랐다. 그 책은 건하 앞으로 날아와 사르륵 펼쳐졌다.

"옛날에는 남자의 역할과 여자의 역할이 정해진 것처럼 생활했어. 예를 들면 남자는 울면 안 돼. 남자는 분홍색보다는 파란색을 좋아해야 하고. 여자는 요리를 잘해야 해. 이런 식이었지. 그렇지만 현대 사회는 성별에 따라 역할이나 행동이 정해져 있다고 보지 않아. 남자도 울고 싶으면 울 수 있고, 분홍색을 좋아할 수 있고, 귀엽고 아기자기한 피규어로 놀 수 있지!"

"여자 장난감, 남자 장난감이 정해진 것 아니에요?"

"그럼, 그럼. 자신이 좋아하는 것을 선택하면 되는 거야. 원래부터 정해진 것은 없는 거란다."

"나도, 나도 귀엽고 예쁜 도토리 모으는 것을 좋아해!"

"흠흠, 그렇지. 나도 분홍색 티셔츠를 가장 좋아하는 걸!"

"저…… 그러면 마법 요정 피규어랑 디저트 가게 더 가지고 놀아도 되는 걸까요?"

"그럼, 그럼! 귀여운 건하랑 너무나 잘 어울린다고!"

건하의 얼굴에 미소가 번졌다. 건하는 쓰레기봉투를 다시 번쩍 들었다. 집으로 다시 가져갈 생각이었다.

그때 와당탕 하는 소리가 푸드 트럭 쪽에서 들려왔다. 록스와 로지는 푸드 트럭에 남아 있던 로냥을 바라보았다. 푸드 트럭에서 로냥이 얼굴을 빼꼼히 내밀었다.

"아이고냥. 건하에게 줄 젤리빈을 담다가 떨어뜨렸다냥. 잠깐만 기다려 달라냥!"

로냥은 투명한 하트 유리병에 알록달록한 젤리빈을 다시 한가득 담았다. 로냥이 앞발로 유리병을 들었다.

록스가 손가락을 '딱' 하고 튕기자 유리병이 둥실 떠올라 건하의 두 손에 도착했다. 아까 건하가 그토록 입에 넣고 싶어 했던 젤리였다.

"저, 이거 먹어도 되는 거예요?"

"그렇다냐앙. 건하를 위한 '원하는 대로 젤리'다냥! 앞으

로 건하가 원하는 것을 잘 알고 선택할 수 있는 능력, 그것을 자신 있게 좋아한다고 말할 수 있는 능력이 스며들 것이다냥!"

건하는 유리병을 열고 빨간색 젤리빈을 입안에 넣었다. 쫄깃한 젤리는 씹을수록 다른 맛이 났다. 처음엔 딸기 맛이 었다가 그다음에는 체리 맛, 마지막에는 수박 맛이었다. 빨간색 과일들의 맛으로 이뤄진 빨간색 젤리빈을 오물오물 먹고 나니 다른 색깔의 젤리빈이 궁금해졌다. 다른 젤리빈을 집어 들려는 순간 로지가 건하의 손등에 올라탔다.

"한 번에 너무너무 많이 먹으면 안 돼. 알았지?"

"네! 하루에 세 개만 먹을게요. 히히. 젤리 너무 맛있어요!"

"그래, 건하야. 다음번에 친구들이 장난감으로 또 놀리면 자신 있게 여자 장난감, 남자 장난감이 정해진 것이 아니라고 알려 주렴. 그리고 자신 있게 너의 요정들도 소개해 주고."

"네, 그럴게요. 저 집에 들어가서 다시 마법 요정들하고 놀 거예요."

"유리병 떨어뜨리지 않게 조심히 들고 가라, 냥!"

건하는 쓰레기봉투를 번쩍 가볍게 들고 록스, 로냥, 로지에게 인사한 후 집으로 신나게 들어갔다.

록스, 로냥, 로지도 흐뭇하게 미소 지으며 집으로 가는 건하를 바라보았다.

"그런데 1층 푸드 트럭 바닥이……?"

푸드 트럭 바닥에는 로냥이 떨어뜨린 젤리빈들이 어지럽게 흩어져서 데굴데굴 굴러다니고 있었다.

"아하하하, 아까 다 치웠는데, 다시 치워야겠다. 하하하."

로냥의 평정심 저울이 아주 미묘하게 흔들리기 시작했다.

룩스와 함께하는 법률 공부

"성별에 따라 역할이 달라지나요?"

양성평등기본법 제4조 제1항은 양성평등에 관해 알려 줘요.

···

모든 국민은 가족과 사회 등 모든 영역에서 양성*평등*한 대우*
를 받고 양성평등한 생활을 영위*할 권리를 가진다.

- 양성 : 남성과 여성을 아울러 부르는 말
- 평등 : 차별 없이 고르고 한결같음
- 대우 : 예의를 갖추어 대하는 일
- 영위 : 일을 꾸려 나감

···

★ 우리는 양성이 평등한 시대를 살아가고 있어요.
★ 그 취지를 법률로 정해서 모든 사회 구성원이 양성평등을 위
해 노력하고 있어요.

폭풍 감동 글솜씨 핫도그

'아니야. 이것도 아니야. 아…… 어렵다.'

서주는 문구점에서 반지를 들었다 내려놓았다. 옆에 있는 귀고리도 서주의 눈에 차지 않았다. 서주는 문구점 안에 있는 액세서리를 모두 둘러보고는 뭔가 못마땅하다는 듯이 문구점을 나왔다.

'문구점에서 파는 액세서리로는 안 될 것 같은데…….'

서주는 엄마랑 옷을 사기 위해 종종 갔던 백화점을 떠올렸다. 멋진 포즈의 마네킹이 입고 있는 화려한 옷들, 반짝이는 진열장에 진열된 귀고리와 목걸이들. 서주가 원하는 것은 그곳에 있었다.

서주는 엄마랑 다시 백화점에 가게 될 날만을 기다렸다. 기다리고 기다리던 백화점 가는 날. 서주는 쇼핑을 하고 있는 엄마로부터 슬그머니 멀어졌다. 그러고는 예쁜 귀고리와 목걸이가 잔뜩 진열돼 있는 곳으로 갔다.

"안녕하세요. 이 귀고리 얼마예요?"

"안녕하세요, 손님. 그 귀고리는 23만 원이랍니다."

"네? 23만 원이요? 그러면 저 반지는요?"

"네, 저 반지는 27만 원이에요."

"네에? 그럼 여기서 가장 저렴한 귀고리는 얼마예요……?"

점원 언니는 작게 반짝거리는 나비 모양의 귀고리를 보여 주었다.

"이 귀고리인데요, 11만 원이랍니다."

점원 언니는 빙그레 웃으며 대답했지만 서주는 점점 얼굴이 흙빛이 되어 갔다.

"아…… 알겠습니다. 저 다음에 사러 올게요."

서주는 반짝이는 나비 귀고리를 뒤로한 채 엄마에게 다시 갔다.

"서주야, 어디 다녀왔어?"

"아, 아니에요. 잠깐 다른 거 구경만 하고 왔어요."

예쁜 액세서리가 잔뜩 있는 백화점에 오는 것까지는 성공했지만 서주가 가지고 있는 용돈으로는 턱없이 부족했다.

서주는 집에 돌아와서 지갑을 열었다. 꼬깃꼬깃하게 접힌 지폐 몇 장과 딸그랑딸그랑 떨어지는 동전을 모두 합해 보니 1만 8250원이었다.

'엄마에게 예쁜 귀고리를 선물해 주고 싶은데 너무 많이 모자란걸.'

서주는 나비 모양의 귀고리가 눈에 아른거렸다. 한편 아른거리는 그 귀고리를 살 수 없어서 슬프기도 했다.

백화점에 다녀온 이후 서주는 어떻게 해야 10만 원가량을 모을 수 있을지 고민했다. 설날도 지났고 서주의 생일도 지났다. 할머니, 할아버지를 뵙고 용돈을 받을 수 있는 날도 없다.

'방 청소를 하고 용돈을 받을까? 설거지를 도와 드려 볼까?'

서주의 머릿속이 바쁘게 움직였다.

★ ★ ★ ★ ★

학교가 끝나고 서주는 학교 주변 문구점을 돌아다녔다. 백화점만큼은 아닐지라도 다른 좋은 선물이 있지 않을까 하는 기대가 있었기 때문이다.

서주가 엄마의 생일 선물을 찾지 못하고 터덜터덜 길을 걷고 있는데, 어디선가 맛있는 핫도그 냄새가 풍겨 왔다. 고소한 빵가루 냄새와 소시지 냄새가 보통 핫도그와는 차원이 달랐다. 이 근처에 맛있는 핫도그 집이 있는 것이 분명했다.

'어라? 이 근처에 핫도그 집이 있었던가?'

서주는 핫도그 냄새가 어디에서 나는지 사방을 두리번거렸다. 세상에. 지금까지 알아차리지 못했던 2층짜리 커다란 푸드 트럭이 서주 눈앞에 있었다.

자세히 살펴보니 반짝이는 하얀 깃털의 부엉이가 커다란 통에 담긴 밀가루 반죽을 커다란 주걱으로 휘휘 젓고 있었다. 날렵해 보이는 고양이는 소시지에 밀가루 반죽을 묻히고 있었다. 커다란 연필을 머리에 꽂은 다람쥐는 튀김 담당인 것 같았다. 작은 앞발로 무지개를 그리듯 밀가루 반죽을 던져 기름의 온도를 확인하고 있었다.

"와아!"

서주는 탄성이 절로 나왔다. 록스, 로냥, 로지가 분업으로 핫도그를 만드는 모습이 마치 서커스를 보는 것 같았기 때문이다.

그때였다. 서주의 머릿속에 '반짝!' 아이디어가 떠올랐다. 그와 동시에 마법의 푸드 트럭 스크린에서도 '띠링' 하고 알람이 울렸다.

커다란 반죽통의 반죽을 커다란 주걱으로 휘휘 젓고 있던 록스, 소시지에 튀김 반죽 옷을 입히던 로냥, 눈꽃 튀김을 튀겨 내던 로지 모두 마법 스크린의 알람을 들었다. 마법의 푸드 트럭에 이끌릴 수밖에 없었던 이유가 서주에게 있는

이름 이서주, 4학년

취미 인라인스케이트 타기

좋아하는 간식 핫도그

문제 상황

서주는 엄마에게 생일 선물을 드리고 싶다. 서주가 엄마에게 근사한 선물을 드릴 수 있도록 도와줄 것!

것이다.

"어서 오세요, 손님."

록스가 얼굴에 밀가루 반죽을 묻힌 채 빙긋 웃었다. 서주는 밀가루 반죽이 묻은 록스의 얼굴이 왠지 친근감 있게 느껴졌다.

"안녕하세요!"

"와! 서주 진짜 씩씩하다!"

"앗! 제 이름을 아세요?"

"우리는 아이들에 관한 것이라면 모르는 게 없다냥!"

로지와 로냥도 서주를 반갑게 맞이했다. 서주는 로냥과 로지가 자신을 알고 있다는 사실이 신기했다. 그리고 마음이 편해졌다. 록스, 로냥, 로지에게 부탁을 해도 거절당하지 않을 것 같았다. 서주는 용기를 내서 록스, 로냥, 로지에게 큰 소리로 말했다.

"저, 이 푸드 트럭에서 아르바이트할 수 있게 해 주세요!"

록스, 로냥, 로지는 어리둥절했다. 로냥이 가장 먼저 서주의 의도를 눈치채고는 입을 열었다.

"아하, 서주가 선물 살 돈이 필요한 거구나, 냥!"

"와! 진짜 모르는 게 없네요! 맞아요. 엄마 생일 선물을 사려고 해요. 그런데 제가 가진 돈으로는 살 수가 없어요. 저 웃는 얼굴로 인사도 잘하고 친절하게 말도 잘할 수 있어요. 저 힘도 세서 반죽 젓는 것도 잘할 수 있어요! 분명히 훌륭한 아르바이트생이 될 거예요!"

"아하하하핫!"

록스가 호탕하게 웃었다.

"그래, 우리 푸드 트럭에도 아르바이트생이 있으면 좋지. 웃는 얼굴로 친절하게 말할 수 있는 서주가 아르바이트생이 라면 참 좋겠구나."

"그렇죠? 저 합격인가요?"

"그렇지만, 서주야, 이걸 꼭 알아야겠구나."

록스의 판사봉이 소리를 냈다.

땅 땅땅!

그러자 푸드 트럭 서가에 꽂혀 있던 두꺼운 책 한 권이 두둥실 떠올라 서주의 눈앞에 사르륵 펼쳐졌다.

"미성년자가 아르바이트를 하기 위해서는 부모님의 동의 서가 필요하단다. 특히 서주같이 아직 만 15세가 되지 못한 친구들의 근로는 원칙적으로 금지돼 있지."

"네에? 엄마의 동의가 필요하다고요? 그럼 엄마한테 서

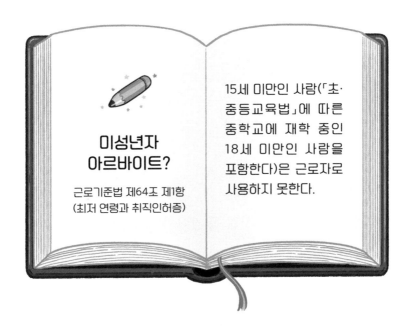

미성년자 아르바이트?

근로기준법 제64조 제1항
(최저 연령과 취직인허증)

15세 미만인 사람(「초·중등교육법」에 따른 중학교에 재학 중인 18세 미만인 사람을 포함한다)은 근로자로 사용하지 못한다.

프라이즈 선물을 해 줄 수가 없잖아요……."

서주는 크게 실망했다. 아르바이트를 하는 이유가 엄마에게 서프라이즈 선물을 해 드리고 싶어서인데 엄마의 동의서가 필요하다니. 엄마한테 선물을 해 드릴 방법이 사라져 버렸다.

서주의 큰 눈망울에 눈물이 맺혔다. 금방이라도 울음을 터뜨릴 듯한 서주의 모습에 로지가 서둘러 나섰다.

"서주야, 서주야. 그러지 말고 엄마에게 서주의 마음을 듬뿍 담은 편지를 써 드리면 어떨까?"

"저 진짜 글 못 쓴단 말이에요."

서주가 더 크게 실망했다. 매번 편지를 쓰려다가 실패했던 경험이 생각났기 때문이다.

"로, 로냥, 로냥!"

록스가 급히 로냥을 불렀다. 로냥이 나설 차례였다.

"걱정 말아라, 냥! 오늘 서주를 위해 만든 스페셜 핫도그! 이름하여 폭풍 감동 글솜씨 핫도그다, 냥!"

"폭풍…… 감동 뭐요?"

서주의 눈망울에서 그렁그렁함이 잠시 멈추었다.

로냥은 방금 바삭하게 튀긴 눈꽃 튀김 핫도그를 집어 들었다. 로지가 심혈을 기울여 튀겨서 그런지 깨물지 않아도 바삭 하는 소리가 들리는 것 같았다.

이어서 로냥이 그 위에 설탕 가루를 뿌렸다. 평범한 설탕 가루인 줄 알았는데 자세히 살펴보니 로냥의 앞발에서 마치 은하수가 쏟아지는 것 같았다. 별빛 가루가 입혀진 듯 반짝

거리는 핫도그 위로 케첩과 머스터드 소스가 뿌려졌다.

로냥이 서주에게 건넨 핫도그는 서주가 지금까지 본 핫
도그 중에서 가장 맛있어 보였다. 핫도그의 겉은 바삭하고
속은 보드라웠다. 탱탱한 소시지는 서주가 씹을 때마다 뽀득
뽀득 소리를 냈다. 육즙 가득한 소시지가 서주의 입안을 즐
겁게 했다.

어느덧 서주의 눈에서 그렁그렁한 눈물이 사라졌다. 서

주가 핫도그를 우물우물 씹으며 로냥에게 물었다.

"음, 음, 냥, 핫도그 이름이 뭐라고 했었죠? 폭풍…… 감동?"

"그렇다냥! 이 핫도그를 먹으면 감동이 폭풍처럼 밀려오는 편지를 쓸 수 있는 능력이 스며들 것이다냥!"

"네? 정말요?"

서주는 입을 다물지 못했다. 감동적인 편지라니. 표현할 수만 있다면 엄마에게 사랑을 듬뿍 담은 편지를 주고 싶었다. 이것이야말로 서주에게 필요한 것이었다.

"서주야, 아마 엄마는 서주의 마음 그 자체만으로도 감동받으실 거야. 서주의 표현이 서툴다고 해도 말이지. 선물은 서주가 더 커서 사 드리는 것으로 하고, 핫도그를 먹은 기념으로 편지를 써 보는 것은 어떨까?"

"네! 저 예쁜 편지지를 사서 집으로 갈 거예요!"

서주의 얼굴이 처음보다 훨씬 밝아졌다. 서주는 핫도그를 오물오물 다 먹고는 록스, 로냥, 로지에게 작별 인사를 했다.

문구점으로 가는 서주의 발걸음이 가벼웠다. 서주는 엄마가 좋아하는 꽃이 그려진 편지지 한 묶음을 샀다. 그러고는 집에 돌아와 책상에 앉았다.

사랑하는 엄마께.
안녕하세요, 저 서주예요. 사랑하는 엄마의 생신을 맞이해서 어떤 선물을 드릴까 많이 고민했어요.

서주는 마음을 담아 엄마에게 드릴 편지를 한 글자, 한 글자 써 내려갔다. 서주의 입가에 별가루 설탕이 작게 반짝거렸다.

록스와 함께하는 법률 공부

"어린이도 아르바이트를 할 수 있나요?"

근로기준법 제64조 제1항은 어린이 아르바이트에 관해 알려 줘요.

· ·

15세 미만인 사람(「초·중등교육법」에 따른 중학교에 재학 중인 18세 미만인 사람을 포함한다)은 근로자*로 사용하지 못한다. 다만, 대통령령*으로 정하는 기준에 따라 고용노동부장관이 발급한 취직인허증을 지닌 사람은 근로자로 사용할 수 있다.

- 근로자 : 일을 하는 사람
- 대통령령 : 대통령이 내리는 명령

· ·

★ 15세 미만의 어린이는 원칙적으로 아르바이트를 할 수 없어요.
★ 예외적으로 어린이도 보호자의 동의가 있으면 일을 할 수 있어요.

최종 보고서

따사로운 햇빛이 로냥의 머리 위로 쏟아졌다. 마법의 푸드 트럭의 부지런쟁이 로냥은 한껏 기지개를 켰다.

이부자리를 정돈한 로냥은 주위를 둘러보았다. 록스는 귀여운 안대까지 착용하고 이불을 덮은 채 일어날 생각이 없었다. 그런데 로지가 보이지 않았다.

"로지는 어디 있지냥?"

'타닥타닥 타타닥 타타타타타닥.'

타자 소리였다. 엄청난 타이핑 속도를 자랑하는 로지의

타자 소리였다. 작은 손가락으로 연주하듯 키보드를 누르자 모니터에 글자가 미끄러져 나왔다.

"로지! 얼마나 일찍 일어난 것이냥?"

"오, 로냥, 로냥! 이제 일어났구나……."

로냥을 바라보는 로지의 눈이 퀭했다.

"로지, 혹시 잠을 자지 않은 거냐앙?"

"로냥, 로냥. 오늘까지 마법부에 보고서를 제출해야 해서……."

"아이코냥! 도와 달라고 말하지 그랬냥!"

"아냐, 아냐, 로냥. 내 일인걸. 이제 다 썼어. 록스 대장이랑 검토 좀 해 줄래? 나 이제…… 잠 좀……."

로지는 말도 다 끝내지 못하고 그대로 잠들어 버렸다.

로냥은 로지에게 이불을 덮어 준 후 요리를 시작했다. 록스 대장과 로지가 일어나면 같이 먹을 '에너지 충전 에그타르트'를 만들 생각이었다.

버터와 밀가루를 함께 반죽하고 설탕과 소금을 살짝 뿌려 간을 맞췄다. 예쁜 모양의 타르트 파이 안에 달걀과 우유,

생크림을 가득 채운 다음 구웠다.

"아차차. 마지막 재료!"

로냥은 에너지를 충전해 줄 에너지 별빛 가루와 로지가 좋아하는 아몬드까지 듬뿍 넣었다. 평소보다 훨씬 공들여 만든 에그타르트였다. 향긋한 파이 냄새가 푸드 트럭 2층을 가득 채웠다.

잠시 후 룩스 대장이 기지개를 켜며 침대에서 나왔다.

"어디서 맛있는 냄새가 나는데?"

"대장, 내가 에그타르트를 만들었다냥! 방금 구워서 따끈따끈하고 맛있다냥!"

식탁 가득 쌓인 에그타르트는 노란색 성 같았다. 오물오물 에그타르트를 먹던 룩스의 눈에 로지의 컴퓨터가 보였다.

"대장, 로지가 보고서를 쓰느라 잠을 제대로 못 잤다냥. 우리에게 보고서 검토를 부탁하고 잠들었다냥."

"아이고, 우리 로지가 고생했겠네. 우리가 많은 아이를 만났으니, 그만큼 보고서도 많았을 거야."

룩스와 로냥은 한참 동안 에그타르트를 먹으며 보고서를

읽었다. 조금 지나자 로지가 눈을 비비며 일어났다.

"으으음······ 하아암······."

"로지, 우리의 보물! 역시 해 낼 줄 알았어!"

록스가 들뜬 목소리로 크게 소리쳤다.

"아이코, 깜짝이야!"

로지가 깜짝 놀란 마음을 진정할 겨를도 없이 록스 대장과 로냥이 로지를 꼭 안아 주었다.

"로지, 보고서는 완벽하다냥!"

"헤헤헷. 저 좀 잘했나요?"

"잘했다마다! 지금까지 봐 왔던 그 어떤 팀의 보고서보다도 완벽해!"

록스 대장이 조금 뜸을 들이다 말했다.

"로지, 이 보고서는 말이지, 우리만 보기 너무 아깝다."

로냥과 로지가 눈을 크게 뜨고 록스 대장을 바라봤다.

"이 보고서는 다른 친구들에게도 큰 도움이 될 거야. 아이들이 실제로 고민하고 경험했던 이야기니까. 책으로 멋지게 만들어서 많은 아이가 읽을 수 있게 해야겠어!"

로지의 동그란 눈이 더욱 커졌다.

"찬성 찬성이요! 다른 친구들의 고민 해결에 도움이 된다면 너무 좋을 것 같아요!"

"로지가 찬성할 줄 알았어! 내가 책 이름도 벌써 지어 놨어! 이름하여, '마법의 푸드 트럭'!"

"암냠냠냠, 너무 멋지다냥!"

'삐삐삐삐━━'

마법 스크린에서 알람이 울렸다. 알람에 가장 먼저 반응한 것은 로지였다. 로지는 단번에 에그타르트를 삼키고 벌떡 일어섰다.

"대장, 대장! 고민 있는 친구가 주위에 있나 봐요!"

"그래, 로지, 우리 도움이 필요한 친구가 있나 보군!"

"다녀오자냥!"

"마법(法)의 푸드 트럭 출동!"

작가의 말

'마법의 푸드 트럭'의 여정을 마치며

세상에서 가장 달콤한 간식을 싣고 달리는 부엉이 록스, 고양이 로냥, 다람쥐 로지의 이야기. 어린이 여러분, 재미있게 읽었나요?

『마법의 푸드 트럭』은 귀여운 동물 친구들이 우리 친구들이 겪는 고민을 법으로 해결하는 이야기예요. 우리 친구들이 어떻게 하면 법을 쉽게 이해할 수 있을까 곰곰이 생각하다가 법률에 대해 잘 아는 동물 박사님들을 초대하게 되었어요.

법은 우리 일상이야!

법은 어려운 말로 쓰여 있기 때문에 나와는 상관 없는 것으로 느끼는 친구들이 많아요. 예전에는 한자로만 가득 쓰여 있기도 했고요. 하지만 법은 우리 일상에서 그 힘을 발휘하고 있어요.

마법의 푸드 트럭에 찾아온 친구들의 이야기는 우리 모두가 한 번쯤은 경험해 보았을 일들이에요. 우리가 무심코 지나쳤던 모든 상황에 법의 힘이 발휘되고 있었답니다.

법은 우리 생각보다 촘촘해!

친구들과의 약속에는 '계약'의 힘이, 다른 사람의 글을 베끼면 '저작권'의 힘이 작용합니다. 우리가 하는 행동에는 우리도 모르게 법의 힘이 작용하고 있죠.

또한 법은 나의 권리를 지켜 주는 동시에 친구의 권리도 보호해 줄 수 있도록 매우 촘촘하답니다. 그러니 법을 알면 우리 친구들은 정말 많은 문제를 해결할 수 있을 거예요.

법은 우리를 지키는 방패야!

학교에서 선생님이 우리 친구들에게 '친구들과 다투지 않기', '친구들에게 나쁜 말 사용하지 않기'라고 알려 주시죠? 우리에게는 작은 실천일지 모르지만 이 가르침도 결국 법률적 문제 상황을 발생시키지 않도록 하기 위한 것이랍니다.

법을 안다는 것은 나를 지키는 커다란 방패를 세우는 것과 같아요. 우리 친구들이 법에 대해 더욱 관심을 가진다면 나와 내 친구들도 더 안전해질 수 있다는 사실을 꼭 기억해 주세요.

여러분은 여기 실린 이야기를 읽으며 어떤 간식이 가장 마음에 들었나요? 약속 지키미 무지개 슬러시? 창의력 듬뿍 우유 도넛? 예쁜 말 가득 푸딩? 어떤 간식이 맘에 들었든 이미 여러분 입속으로 여덟 가지 간식이 쏙 들어가 있답니다.

우리 친구들은 이제 법률의 힘이 장착된 방패가 여러분을 지켜 주고 있다는 사실도 잊지 말아요!

학교는 물론 일상에서 부딪히는 다양한 문제들을 어린이 눈높이에 맞춰 논리적으로 해결해 주는 책! 책을 펼치는 순간 흥미진진한 마법 같은 법의 세계가 펼쳐져 법은 어렵고 따분하다는 편견을 한 방에 날려 줍니다. 법에 관한 지식뿐만 아니라 올바른 인성을 길러 주는 책. 웃음과 감동은 덤이랍니다.

• 양승은(화정초등학교 교사)

왜 지키지 못할 약속은 하면 안 되는지, 왜 인터넷에서 숙제를 베끼는 것이 잘못된 행동인지, 생활 속 법률 지식을 재미있게 알려 주는 책입니다. 우리에게 꼭 필요한 것임에도 어떻게 알려 줘야 할지 막막한 적이 많았는데, 이제 아이들과 이 책을 읽으며 법에 관해 알아 갈 수 있게 되어 반갑습니다.

• 여송이(내동초등학교 교사)

법은 어른들만 신경 쓰는 것이라 생각했는데, 이 책을 읽고 나니 법은 우리를 안전하게 지켜 주는 중요한 약속이고, 아이들도 꼭 지켜야 한다는 걸 알게 되었어요. 저처럼 법조인을 꿈꾸는 친구들은 물론 내용이 쉽고 재미있어서 친구들한테 꼭 추천하고 싶어요!

• 장윤하(민백초등학교 4학년)

귀여운 주인공들이 법에 대해 알기 쉽게 설명해 줘서 재미있어요. 로냥이랑 로지를 실제로 만나면 '예쁜 말 가득 푸딩'을 받아 친구들이랑 나눠 먹고 싶었어요. 왜냐하면 친구들끼리 싸우지 않고 예쁜 말을 했으면 좋겠거든요.

• 김수아(동광초등학교 2학년)

정말 재미있게 읽었어요! 그중에서 '안전 행복 사탕'을 꼭 먹어보고 싶어요. 필가루가 입안에서 팡팡 터지면 불꽃놀이를 하는 맛일 것 같아요.

• 윤정후(서울대곡초등학교 1학년)

마법의 푸드 트럭에
먼저 다녀간 105인의 어린이

가은우(청대초등학교 1학년)

강다현(능동초등학교 3학년)

공시연(향산초등학교 3학년)

권소바니(사동초등학교 4학년)

권하준(서울위례솔초등학교 1학년)

금민섭(대구용지초등학교 5학년)

금민채(대구용지초등학교 3학년)

김가윤(은석초등학교 2학년)

김가희(창원평산초등학교 3학년)

김나연(명지초등학교 2학년)

김남우(대구새론초등학교 2학년)

김단우(송린초등학교 5학년)

김민선(불정초등학교 4학년)

김서아(옥동초등학교 2학년)

김서연(논산동성초등학교 3학년)

김서율(금빛유치원 7세)

김서율(신리초등학교 2학년)

김소윤(부산명원초등학교 3학년)

김수아(동광초등학교 2학년)

김승현(청대초등학교 1학년)

김아린(왕배초등학교 1학년)

김여원(왕배초등학교 1학년)

김연준(원명초등학교 5학년)

김윤솔(반곡초등학교 1학년)

김윤슬(중랑초등학교 5학년)

김준우(온빛초등학교 3학년)

김지안(고양시립향기로운어린이집 7세)

김현준(우리유치원 7세)

남희연(사랑유치원 6세)

마소율(태장초등학교 1학년)

문서영(거제중앙초 4학년)

박빛소(비산초등학교 1학년)

박서준(굉주은빛초등학교 3학년)

박선우(참샘초등학교 2학년)

박세린(청주용아초등학교 1학년)

박소윤(인천해원초등학교 2학년)

박신후(비산초등학교 1학년)

박은세(보라매초등학교 4학년)

박준후(광안초등학교 2학년)

박창진(인천신정초등학교 4학년)

박훤(송림초등학교 4학년)

반유안(수월초등학교 2학년)

배주희(울산초등학교 3학년)

백서봄(서울신동초등학교 1학년)

서지안(율산초등학교 3학년)

서현우(부안초등학교 3학년)

송원희(기지초등학교 2학년)

신다율(배곧해솔초등학교 2학년)

신지아(푸른솔초등학교 1학년)

안정민(정지초등학교 4학년)

양윤슬(보람초등학교 1학년)

엄효주(잠동초등학교 2학년)

유채빈(오선초등학교 3학년)

유혜광(거제용소초등학교 3학년)

윤수현(대현초등학교 4학년)

윤예서(양원숲초등학교 3학년)

윤정후(서울대곡초등학교 1학년)

이가빈(동학초등학교 4학년)

이나진(인천천마초등학교 5학년)

이다연(전주전라초등학교 5학년)

이다윤(용흥초등학교 3학년)

이루비(보람유치원 6세)

이민서(어은초등학교 3학년)

이선율(서울잠원초등학교 3학년)

이소민(서울도봉초등학교 6학년)

이시현(인천서화초등학교 2학년)

이신아(신양초등학교 병설유치원 7세)

이우용(영종초등학교 2학년)

이유주 (내동초등학교 2학년)

이재윤(안산해솔초등학교 4학년)

이주윤(잠실초등학교 2학년)

이지민(석천초등학교 6학년)

이지온(한별초등학교 2학년)

이지유(탑동초등학교 2학년)

이채아(서울언북초등학교 3학년)

이채윤(잠실초등학교 5학년)

이혜미(탑동초등학교 5학년)

임예준(봉수초등학교 1학년)

임지호(강청어린이집 7세)

장유진(검바위초등학교 2학년)

장윤하(민백초등학교 4학년)

정다온(수성초등학교 2학년)

정세준(가림초등학교 3학년)

정시아(서울혜화초등학교 2학년)

정예림(내곡초등학교 4학년)

정예찬(옥계초등학교 2학년)

정지우(미사강변초등학교 1학년)

정하율(김포호수초등학교 3학년)

정한나(서울수색초등학교 3학년)

정현찬(부산신명초등학교 2학년)

조민준(녹양초등학교 3학년)

조아정(원주삼육초등학교 3학년)

조아현(영신초등학교 3학년)

주아인(오마초등학교 1학년)

차준혁(동호초등학교 3학년)

최고운(망경초등학교 2학년)

최서아(오산남초등학교 4학년)

최선재(대구동평초등학교 2학년)

최수민(대구시지초등학교 3학년)

최준성(오금초등학교 5학년)

최지원(서울수명초등학교 1학년)

하지안(방곡초등학교 5학년)

한은찬(한산초등학교 3학년)

한확(김해삼계초등학교 3학년)

허소윤(서래초등학교 4학년)

마법의 푸드 트럭

초판 1쇄 발행 2025년 2월 5일

글 박민희
그림 안병현
펴낸이 최지연
마케팅 김나영, 윤여준, 김경민
경영지원 강미연
디자인 수오
교정교열 윤정숙

펴낸곳 라곰스쿨
출판신고 2018년 7월 11일 제2018-000068호
주소 서울시 마포구 큰우물로 75 성지빌딩 1406호
전화 02-6949-6014 **팩스** 02-6919-9058
이메일 book@lagombook.co.kr

ⓒ 박민희·안병현, 2025

ISBN 979-11-93939-22-2 73810